KB017730

라이프 에듀로

나를 브랜딩하다

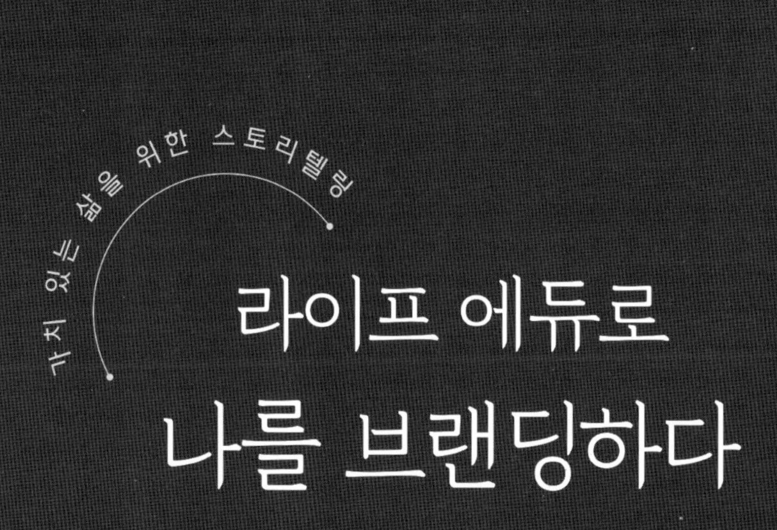

가치 있는 삶을 위한 스토리텔링

라이프 에듀로 나를 브랜딩하다

김선주, 강신옥, 이순월, 정연숙, 윤영석, 최은례, 조남숙, 이형아

EDL에듀라이프협회 엮음

밥북

요즘은 세상이 빠르게 급변하면서 평생교육이 일반화되었다. 그저 제자리에 머물러 있으면 도태되기 때문이다. 자기개발을 꾸준히 하다 보면 사회 적응력을 높일 수 있다. 라이프 에듀케이션은 행복하고 건강한 인생을 위해 나의 브랜드를 새롭게 만들어 나갈 수 있다. 본인의 소중한 브랜드를 위해 스스로 배우려고 하는 습관이 중요하다.

이 책의 내용을 간략히 소개하고자 한다.

사회생활을 하면서 가장 힘들다고 느끼는 것은 업무보다 대인관계인 경우가 훨씬 많다. 이런 고민을 해결할 수 있는 〈행복한 인간관계 시크릿〉, 나의 유형이 머리형, 가슴형, 장형 중 어떤 유형에 해당하는지 알 수 있는 〈에니어그램을 통한 나의 여행〉, 인생을 살아가며 사업, 영업, 교육 등 어떤 분야든 우리는 설득에 직면한다. 그 노하우를 알려주는 〈인생은 설득의 연속이다〉, 사회생활을 하면서 쌓였던 스트레스를 관리할 수 있는 〈꽃과의 힐링 소통〉, 〈마음 회복 프로젝트〉의 스토리텔링 내용이 있다. 1만 번 이상 지은 표정이 나의 인상이 되어 인생을 좌지우지할 수도 있다. 어떤 표정을 지어야 성공하는지 알려주는 〈인상이 바뀌면 인생이 바뀐다〉, 변화하는 시대에 적응하기 위한 〈4차산업혁명 시대 변화 트렌드〉.

위와 같이 요즘 트렌드를 알고 나를 새롭게 성장시킬 수 있는 내용을 이 책에 담았다. 인생을 살아가면서 나를 리드하는 셀프 리더십을 발휘하기 위해서는 여러 가지 영역의 지식을 습득하고 스스로 관리하여 더욱 성장시켜야 한다. 이 책이 사회생활에서, 더 나아가 인생에서 실질적으로 중요한 도움을 주는 가이드 역할이 되길 바란다.

2024년 6월

EDL에듀라이프협회 대표 **김선주**

차례

제1장

나만의 브랜드 만들기

김선주

김선주

EDL에듀라이프협회 대표
SJK리더스코칭아카데미 대표
연세대학교 미래교육원 출강
라이프 에듀케이션 전문강사
리더의 품격스피치 전문강사
이미지 컨설턴트

나만의 브랜드 만들기

우리는 이 우주에 단 하나의 소중한 존재로 이 세상에 태어난다. 우리는 많은 잠재능력을 가지지만 그 능력을 얼마만큼 발현하느냐에 따라 성인이 되었을 때 각자 다른 모습과 다양한 역량으로 세상을 살아가게 된다.

바쁜 일상 속에서 나의 브랜드를 점검해 보고 다시 성장할 수 있는 발판을 마련해 보자.

브랜드의 성장은 질문으로부터 시작한다. '내가 가장 잘하는 것이 무엇이지? 나는 어떤 일을 할 때 즐겁고 행복한가? 나의 꿈은 무엇인가? 인생을 의미 있게 살기 위한 나의 슬로건은?' 이 질문에 빠르게 답변할 수 있다면 나에 대해 많이 생각하고 나를 잘 안다는 것이다.

하지만 이런 질문에 바로 답변을 못 하는 사람들이 상당히 많다. 앞만 보고 바쁘게 일만 하며 살아가다 보면 나라는 존재를 잊어버리고 살아가게 된다.

질문은 많은 것을 변화시킨다. '새처럼 하늘을 날 수 있을까? 말보다 더 빨리 달릴 수 있을까? 멀리 떨어진 사람과 바로 대화할 수 있을까?' 이 질문들은 우리를 글로벌 사회로 이끌었다. 미국의 커피 브랜드를 한국에서도 쉽게 즐길 수 있을 줄 그 어느 누가 상상했을까.

■ 스타벅스 브랜드 이야기

스타벅스의 브랜드 가치를 보면 1971년 시애틀에 1호점으로 시작해서 2020년 기준 전 세계 80개국에 3만 3천 개의 매장을 보유한 커피 체인점이다.

2019년 매출이 1조 8,696억 원(금융감독원 전자공시시스템자료)으로 커피 체인점 중에서 1위인데, 중요한 것은 2위부터 6위까지 커피 체인점의 매출을 모두 합해도 스타벅스가 1위라는 점이다. 스타벅스는 2030년까지 전 세계 5만 5천 개의 매장을 만들겠다고 선언했다. 전 세계를 흔든 코로나19 팬데믹 위기 속에서도 굳건한 인기는 무엇일까? 다른 브랜드에 없는 스타벅스의 브랜드 가치를 알아보자.

커피숍 사업의 핵심은 얼마나 많은 손님이 오는가에 결정된다. 한우 매장에 손님이 많이 온다고 해서 이익이 폭발적으로 증가하지는 않는다. 원재료가 비싸기 때문이다. 하지만 커피는 원가가 저렴하기 때문에 손님이 2배 이상 오면 수익은 20배 이상으로 늘어난다. 손님이 많을수록 순수익이 급상승하는 것이다.

점포 숫자가 늘어나는 것보다 매출이 늘어나는 속도가 훨씬 빠른 스타벅스의 노하우는 무엇일까? 점포 수가 2018년에 비해 2019년에

9% 증가했지만 매출은 22%나 늘어났다. 변화 트렌드에 맞게 드라이브 스루 매장이 늘어난 것이 매출을 늘리는 데 한몫했다. 드라이브 스루 매장은 차에 탄 채 제품을 구매하는 매장으로, 승용차 보유가 늘어나면서 이용자도 늘어난 것이다.

1년에 100개 정도의 매장이 오픈한다면, 드라이브 스루 매장은 그 중 절반을 차지한다. 드라이브 스루 매장은 일반 매장의 2~3배에 달하는 매출을 올린다고 한다.

스타벅스는 높은 고객 충성도를 자랑한다. 그 기업 전략을 살펴보자. 먼저 고객의 닉네임을 불러주는 'Call my name! 콜 마이 네임!' 시스템으로 고객에게 친근감을 줌으로써 단골고객이 된다. 프리퀀시 전략은 몇 잔 이상 커피를 마신 고객에게 스타벅스 로고가 찍힌 한정 수량의 희소성 있는 선물을 제공하는 것으로 '나도 갖고 싶다'는 생각이 들어 커피를 더 마시게 된다. 선물을 받은 고객들은 사진을 찍어서 SNS 올리는 것이 유행이다 보니 스타벅스는 자연스럽게 브랜드 가치가 올라가게 된다.

최근에 가장 획기적인 사이렌 오더 서비스는 외부에서 미리 커피를 주문하고 매장에 도착하자마자 픽업할 수 있는 시스템인데, 한국에서 시작된 것이 역수출되어 다른 나라에서도 활용되고 있다.

스타벅스는 늘 고객의 아이디어를 경청해서 받은 제안 중 300개를 실천하고 있는 기업이라고 한다. 고객의 니즈(Needs)를 늘 고민하고 실행하는 것이다. 스타벅스의 기업가치는 130조에 이른다고 한다

(2021년). 전 세계 스타벅스 매출의 8배 이상이 기업가치로 형성되어 있다. 공정거래 무역 커피 사용, 환경을 생각하는 클린 머니 기업으로 기업의 인지도가 좋은 것도 큰 영향을 준다.

자, 이제 '나'라는 브랜드 차별화를 위해 무엇을 할지 고민해 보자.

나의 브랜드 가치를 높이기 위해서는 멘토와 롤 모델이 필요하다.

내가 전문강사로서 20년 정도 활동할 수 있었던 것은 멘토의 도움이 컸고, 활동하면서 본받고 싶은 롤 모델이 확고했기 때문이다.

코로나19 팬데믹 이전, 브라이언 트레이시가 한국에 와서 강연한 것이 큰 이슈가 된 적이 있다. 수많은 사람들이 강연을 듣기 위해 몰려들었고, 8억 원이라는 거액의 강사비를 받았다는 매스컴 소식이었다. 강의 내용이 얼마나 가치가 있으면 그게 가능한 것인가? 하는 생각이 들었다.

세계적인 명강사 브라이언 트레이시는 1944년생 캐나다인으로 브라이언 트레이시 인터내셔널 회장이다. 놀라운 것은 저서가 84권이나 있다. 자수성가한 그의 강의를 듣기 위해 경영자와 사업가들이 모여들었다. 강의는 이론적인 내용을 넘어 본인이 자수성가하면서 겪은 실패와 성공, 노하우를 소개하는 시간이었다. 스토리텔링을 통해 전달된 그의 진정성 넘치는 이야기는 사람들에게 감동을 주었고, 강의에 집중시키는 그의 스피치 능력도 본받을 만했다. 또한 그 내용을 직접 실천한 사람들이 사회적으로 성장하면서 더욱 에너지 넘치는 강의가 되었다.

나의 브랜드를 만들기 위해서는 먼저 나를 사랑해야 한다.

직장인이 아닌 직업인이 되어야 한다. 평생직장은 없고 평생 직업은 있다는 말이 있듯이 직업인은 내 일에 전문성과 자부심을 가지고 있어야 하며, 끊임없이 자신의 브랜드 가치와 자율성을 높일 필요가 있다.

브랜드가 된다는 것은 안에서부터 밖으로 나가는 것이기 때문에 나의 내면의 내공을 키워야 한다. 에밀쿠에가 지은 〈자기암시〉라는 책에서, '자기암시'는 마음과 몸을 회복시키는 상상의 힘이라고 한다. 매일 아침 "나는 모든 면에서 날마다 점점 더 좋아지고 있다"라고 외치면 이 내용에 확신이 들고 자신감이 생기면서 점점 좋아질 확률이 높아진다는 것이다. 내면에 자존감이 높아야 사회생활도 잘해 나갈 수 있다. 스트레스 관리를 잘하기 위해 매일 명상으로 머리를 비우는 시간도 필요하다.

몸과 마음은 유기적으로 연결되어 있다. 마음이 건강해야 몸도 건강하고 몸이 건강해야 마음도 건강해진다. 야스미나 로시(Yasmina Rossi)라는 프랑스 출신 미국 모델은 60대임에도 패션모델로 활동해서 이슈가 되었다.

입생로랑 등 명품 브랜드에 모델로 활동한 그녀는 건강한 몸 관리로 수영복 모델까지 섭렵했다. 그녀는 자신의 비결은 유기농 음식을 먹고 오일 스크럽을 했을 뿐이라고 인터뷰에 답했다. 이런 사례를 보면 신체나이는 내가 무엇을 먹고 어떤 운동을 꾸준히 해왔는지에 따라 크게 차이가 난다.

나의 멋진 이미지를 위해 오늘부터라도 다시 운동을 시작해 보는 것이 좋겠다.

■ 브랜드 정체성

'나'라는 브랜드의 3년 후, 5년 후, 10년 후의 모습을 그려보자.

모든 브랜드에는 정체성이 있다. 볼보(Volvo) 자동차는 차의 안정성을 중요시하고 BMW 자동차는 성능을 중요시한다. 벤츠(Benz) 자동차는 안락함을 추구하는 것으로 차이점이 있다. '나'라는 브랜드의 상징성은 무엇이 있을까?

신뢰성, 공감, 끈기, 창의 등 나를 단어로 연결해서 표현할 수 있어야 한다. 우리는 가치 있는 삶을 살고자 한다. 가치 있는 삶을 살기 위해서는 자신에게 충실하고 의미 있는 즐거운 요소가 있어야 한다.

어느 지인이 직장생활을 은퇴하면서 그동안 너무 충실한 삶을 살았던 것에 대한 보상으로 자유롭게 즐거움을 찾는 생활을 한 달 동안 이어갔다. 영화를 보다가 새벽에 잠을 자기도 하고 출근을 안 해도

되니 아침 늦게 일어나 하루 종일 집에서 뒹굴거리고, 어떤 날은 여유 있게 친구들을 만나기도 했다. 처음에는 너무 자유스럽고 좋았다고 한다. 하지만 한 달이 지난 후 병원을 찾게 되었다. 면역체계에 이상이 생긴 것이다. 의사 선생님은 규칙적인 생활로 생체 리듬을 맞추는 것이 좋겠다고 권했다고 한다.

이렇듯 즐거움만 추구한다고 해서 행복한 것이 아니라 의미 있고 충실한 삶이 얼마나 중요한지 알 수 있다.

살아가면서 '나의 슬로건'은 중요하다. 성장하는 기업에는 슬로건이 있다. 애플사는 "다르게 생각하라(Think Different)", 구글은 "상상할 수 없는 것을 상상하라(Imagine the unimaginable)"로 세계적인 기업으로 성장하고 있다.

인생을 사이클로 바라본다면 도입, 성장, 정체, 부활, 다시 성장의 곡선을 그린다. 누구나 성장만 할 순 없다. 누구에게나 정체기가 오기 마련이고, 이 시기를 어떻게 극복할지가 중요하다. 힘들어할 수도, 당황할 수도 있다. 하지만 이 또한 사이클의 단계라고 생각해 보자. 앞이 막힌 깜깜한 동굴이 아닌, 통과할 수 있는 터널이다.

정체기가 오면 브랜드 리포지셔닝(Brand Repositioning)으로 새로운 콘셉트를 생각해 볼 필요가 있다. 주변에 역경을 이겨내고 더욱 성장한 스토리를 들으면 큰 힘이 되기도 한다. 나의 브랜드 정체성을 알기 위해 내가 되고 싶은 것, 내가 하고 싶은 것, 내가 갖고 싶은 것에 대해 차분히 적어보면 내가 앞으로 어떻게 살아가야 할지 그림이 보인다.

브랜드 정체성

Brand Identity

'나'라는 브랜드

내가 되고 싶은 것	내가 하고 싶은 것	내가 갖고 싶은 것

■ 합격 사과 스토리

일본 최대 사과 생산지로 유명한 아오모리현에 사연이 있는 사과가 있다.

1991년 큰 태풍으로 수확을 앞둔 대부분의 사과가 떨어져 큰 피해를 입고 만다. 사과 농사로 생계를 유지하던 농부들은 절망에 빠져 한숨만 쉬고 있을 때 무언가 발견한 한 농부는 태풍 속에서도 살아남은 작은 가능성을 발견한다. 그것은 태풍을 맞고도 떨어지지 않은 사과였다. 그는 태풍에도 떨어지지 않은 이 사과를 전국의 수험생들에게 판매했다.

이렇게 탄생한 아오모리현의 합격 사과는 보통 사과보다 10배 이상 비싼 가격임에도 불티나게 판매되었다. 태풍을 맞아 보통 사과보다 당도도 떨어지고 흠집도 있었지만, 이 사과는 아오모리현의 대표 브랜드로 자리잡게 된다.

여기에는 보통 사과에는 없는 절대로 떨어지지 않는 사과라는 스토리가 있는 것이다. 인생을 살아가며 위기가 기회라는 말이 합격 사과 스토리에서 공감할 수 있는 부분이다. 힘든 시기가 왔을 때 대처하는 지혜와 아이디어가 필요하다.

■ 92세에 시인이 된 시바타 도요

요즘 100대 시대가 되며 시니어들의 활약이 더욱 활발해졌다.

시바타 도요 시인은 92세에 시인 등단이 되고 98세에 시집을 내었는데 그 시집이 베스트셀러 1위까지 올라가는 기록을 세웠다. 90대에 시작한 시 쓰기로 베스트셀러 시인이 되기까지 90대에 다 이룬 것이다. 중년이 되면 '나이도 많은데 새로운 걸 도전할 수 있을까?' 고민하고 주춤하는 사람들이 많다. 처음부터 망설인다면 될 것도 어려워진다.

아들의 권유로 시 쓰기를 시작한 시바타 도요는 우연히 신문에 투고했던 것이 시인 인생의 첫걸음이 되었다. 100세를 두 해 앞두고 출간한 첫 시집 〈약해지지 마〉는 그녀가 장례를 위해 모아두었던 100만 엔을 고스란히 시집을 위한 비용으로 썼다. 2013년 102세 별세했지만, 이 세상을 떠나고 나서도 여전히 시를 통해 응원의 메시지를 보내고 있다.

"인생의 시작은 언제나 지금부터"다. '나이가 많아서, 시작하기엔 너무 늦어서….' 혹시 이런 생각을 하고 있지는 않은지. 우리는 반짝반짝 빛나고 있는 인생을 살고 있다.

■ 105세까지 모델을 할 것이라 공언한 카르멘 델 오레피스

카르멘 델 오레피스 모델은 1931년생 미국 출신으로 13세부터 모델 일을 시작했다. 모델 경력만 80년인 것이다. 발레로 다져진 몸매는 아직도 날씬하며 무대 위에서 런웨이를 하고 있다.

로렉스, 델보, 샤넬과 같은 세계적인 명품 브랜드의 모델로서 활동하고 있고 2018년도 파리 오트 쿠튀르 패션위크의 디자이너 구오페이쇼에서 패션쇼 피날레 주인공으로 무대를 멋지게 장식했다.

한 TV 프로그램에서 카르멘 델 오레피스에게 젊게 사는 비결을 묻자 '비결은 없고 노력하는 것'이라고 말했다. 자기관리가 철저한 모델로 유명하다. 젊은 외모와 시들지 않는 에너지를 유지하기 위해 수십

년째 꾸준히 실천하고 있는 습관이 있다고 한다. 피부관리는 무대에서 런웨이를 하거나 비즈니스 시에만 메이크업을 하고 그 외의 시간에는 메이크업을 하지 않아 피부에 숨 쉴 수 있는 시간을 준다는 것이다. 그뿐만 아니라 하루 두 번 꼼꼼한 세안과 자외선 차단제를 매일 사용하고, 언제 어느 때나 항상 물을 마셔 피부에 수분을 공급하는 습관을 가지고 있다. 꾸준함이야말로 그녀의 비결이 아닐까.

- 카르멘의 운동 루틴

카르멘은 아침에 일어나자마자 침대에 누운 채로 몸을 좌우로 천천히 돌려보면서 하체와 엉덩이 근육의 상태를 체크하고 간단한 스트레칭을 하며 신체 부위별 컨디션을 확인한다. 걷기, 수영, 사이클 등의 유산소 운동과 웨이트 운동을 병행하는 것뿐만 아니라 요가와 필라테스로 몸의 유연성을 기른다고 한다.

- 카르멘의 식단

무엇을 먹느냐가 중요하다.

레몬수와 프로바이오틱 요거트로 아침 식사를 시작하고 매 식사에 과일, 채소 같은 천연 식품을 즐겨 먹는다고 한다.

- 카르멘의 심호흡 습관

일을 하기 전, 운동하기 선, 스드레스를 받는 상황이나 걱정거리가 있는 순간에는 의식적으로 심호흡을 한다. 코로 숨을 깊게 들이마시고 입으로 숨을 내뱉는 것을 습관화한다. 심호흡을 하면 몸과 마음에 긴장이 풀리고 평온한 상태를 유지할 수 있다. 매일 하는 심호흡이 삶의 질을 높이는 데 굉장히 큰 역할을 하고 있다고 카르멘은 이야기한다.

■ 호감 가는 나의 브랜드 만들기

나의 브랜드를 만들기 위해서는 나의 장점과 단점을 파악해서 장점을 극대화시키고 단점을 보완해 나가야 한다. 호감 가는 이미지를 만들기 위해서는 미소, 인사, 스피치, 매너, 패션 감각을 가지기 위해 노력해야 한다.

첫인상이 결정되는 시간은 3초도 걸리지 않기 때문에 좋은 인상을 위해 늘 긍정적인 마음과 웃는 표정을 연습해야 한다. 미국의 프린스턴 대학 심리학 연구팀에서 타인의 얼굴을 보고 매력도, 호감도, 신뢰도 등을 판단하는 데 걸리는 시간이 불과 0.1초라는 연구 결과를 발표했다.

입술 꼬리가 위로 향하도록 '음 위스키~' 하며 하루를 시작해 보자. 나이가 들수록 입술 꼬리가 중력에 의해 처지는 경우가 있는데 인상이 심술궂어 보인다. 거울을 보며 매일 미소 짓는 연습을 하면 정말 행복한 표정을 가지게 된다. 내가 만 번 이상 지은 표정이 나의 인상이 되기 때문이다.

긍정적 정서가 느껴지는 뒤센 미소를 지은 사람의 행복지수가 훨씬 높았다. 의식적으로 미소 짓는 것도 좋겠지만 이왕이면 마음에서 우러나오는 미소를 지어보자. 미국 캘리포니아 오클랜드 밀즈칼리지 졸업생을 대상으로 하커와 켈트너가 30년간 추적 연구한 결과 뒤센미소 집단이 인위적 미소 집단에 비해 훨씬 건강하고 생존율이 높았으며 삶의 만족도도 높았다.

사람을 만날 때 의식적으로 '솔' 톤으로 반갑게 환영의 인사를 하면 상당히 기분이 좋아진다. 눈을 동그랗게 뜨고 칭찬을 곁들여 인사하면 상대와 금방 친밀해진다.

인사를 잘해서 인생이 바뀌었다는 스토리를 들으면 대인관계 시작은 인사에서부터 시작되니 얼마나 중요한지 알 수 있다.

어느 연예인도 신인 시절 인사를 잘해서 더욱 성장할 수 있었다고 인터뷰 시간에 이야기하는 것을 본 적이 있다. 선배들과 감독, PD 등에게 인사를 잘하니 인정받는 것은 당연하다는 생각이 든다.

프랑스 휴양도시 니스의 어느 카페는 커피 주문할 때 'Hello, coffee please!'라고 주문하면 커피 가격을 할인해 준다. 인사를 하면 기분 좋게 할인해 준다는 것이다. 미소가 지어지는 기분 좋은 카페이다.

상황에 맞는 스피치는 나를 품격 있는 사람으로 만들어 준다. 사회

생활을 하다 보면 자기소개나 인사말을 해야 할 자리가 있는데 이때 인상 깊은 PR을 할 수 있다면 사람들의 뇌리에 더 깊게 기억된다.

스피치가 부족하면 먼저 원고를 적어서 연습해 보자. 처음에는 원고를 보면서 연습하다가 나중에는 원고 없이 거울을 보며 자연스럽게 표현하는 연습을 하고 무대에 서면 훨씬 자신감 있게 표현할 수 있다.

나만의 인사 멘트를 만들어 보자. 나의 PR은 자기소개 멘트에서 시작된다.

매너는 상대를 배려하는 마음에서 시작된다. 항상 주위를 살피고 센스 있게 상황을 파악해야 한다. 매너는 그 사람의 인격이기 때문에 만남의 지속이 결정되기도 한다. 이를 위해선 평소에도 테이블 매너, 비즈니스 매너, 공연 관람 매너를 습관화해야 하는데, 특히 약속시간을 잘 지키는 것이 대인관계 신뢰를 쌓는 데 아주 중요한 부분이다.

패션 감각은 중요한 모임이나 자리에서 정장 차림으로 나를 어필하는 방법 등으로 활용해 보자. 나 하면 떠오르는 시그니처 컬러와 디자인이 있으면 더욱 좋다. 나를 잘 표현해주는 패션 브랜드를 이용하는 것도 좋은 방법이다.

SWOT 분석

Strength 현재의 나 강점 (내부요인) 1. 2. 3.	Weakness 현재의 나 약점 (내부요인) 1. 2. 3.
Opportunity 기회 (외부요인) 1. 2. 3.	Threat 위협 (외부요인) 1. 2. 3.

나의 강점, 나의 약점, 기회, 위협하고 있는 사항들을 꼼꼼히 기재한 후 나를 설계해야 한다. 앞만 보고 바쁘게 살다 보면 나를 알지 못하고 일에만 치중하는 경우가 종종 있다. 차분히 책상에 앉아서 나를 탐색하는 시간을 가져보자.

SWOT 분석을 하다 보면 위협이 되었던 외부 상황이 기회로 오기도 한다. 코로나 시절 면대면 강의는 줄었지만 비대면 줌(Zoom) 강의가 늘어났던 것처럼 새로운 기회는 찾아온다. 그 당시 줌(Zoom) 강의에 익숙해지고 메타버스에 대해 관심을 가지며 공부해서 라이센스까지 취득해 강의로 연결되었던 사례를 보면 위기를 두려워하기보다는 기회로 전환하는 사고와 아이디어가 필요하겠다.

■ 목표를 이루기 위한 관리

1년, 3년 후 내가 원하는 멋진 모습이 되기 위해서는 현재 나의 시간을 가장 가치 있게 사용해야 한다. 목표를 이루기 위해서는 내가 원하는 것을 글로 적고 목표 기간을 설정한 후 목표를 달성하기 위해 실천할 목록을 만든 후 실천해 나가야 한다.

일의 우선순위가 중요하다. 긴급하면서 중요한 것, 긴급하지 않지만 중요한 것 순으로 나열하고 실행해야 한다.

목표를 세웠으면 매일매일 실천해서 성취하는 것이 중요하다. 머리로 좋은 아이디어와 좋은 생각을 하는 사람은 많지만, 실천해서 성취하는 사람은 적다. 나의 브랜드를 위해 나의 일을 계획하고 실천하고 점검하는 습관을 가져보자. 1년, 3년, 5년 후 나의 브랜드는 아주 멋지게 성장해 있을 것이다.

■ 리더의 브랜딩 스피치

'현대인에게 가장 필요한 능력은 자기표현이며 경영이나 관리는 커뮤니케이션에 의해서 좌우된다'라고 피터드러커 경영학자는 이야기한다. 그만큼 자기표현 즉 자기PR이 중요한 시기이다. 경영이나 관리에서는 조직구성원 간의 커뮤니케이션도 중요하지만 고객과의 커뮤니케이션도 상당히 중요하다.

Public Relations Speech의 시작은 자기소개에서 시작된다. '말의 명인이 되면 권력이나 지위는 자연스럽게 따라온다'는 이집트 파라오에게 전해오는 말이 있듯이 리더의 역할을 하기 위해서는 스피치가 필수 조건이다.

2020년 미국 타임지에서 성공한 리더 232명을 대상으로 공통습관 7가지를 발표했다.

1. 하루 30분 이상 독서하라.
2. 잡념을 버리고 명상을 즐겨라.
3. 아침형 인간이 되라.
4. 하루 7, 8시간은 자라.
5. 하루 30분 이상 꾸준히 운동하라.
6. 소통 기술을 연마하라.
7. 상황을 객관화하고 자신과 내화하라.

영국의 억만장자 버진그룹 회장 리처드 브랜슨은 '소통을 열심히 하려고 노력하면 삶의 모든 부분을 질적으로 개선이 가능'하다고 말한다. 소통을 잘하게 되면 사업도 잘되고 대인관계도 훨씬 좋아질 것이다. 요즘 스피치가 중요한 것은 본인의 경쟁력이고 나의 브랜드 가치를 높이며 무대에서는 청중과의 소통을 원활하게 한다.

말과 관련된 속담을 살펴보자.

- 말 한마디에 천 냥 빚을 갚는다.
- 가는 말이 고와야 오는 말이 곱다.
- 말이 씨가 된다.
- 말로 입은 상처는 칼로 입은 상처보다 깊다. (모로코 속담)

이처럼 말의 중요성은 아주 오래전부터 속담을 통해 전해져 내려오고 있다.

스피치의 중요성을 은유법으로 표현해 보면

- 스피치는 금이다.
- 스피치는 인간관계다.
- 스피치는 성공의 열쇠다.

- 스피치는 아트다.

스피치의 3대 핵심은 What(무엇을), How(어떻게), Looks(모양새)이다. 유익한 정보와 스토리를 재미있고 감동적으로 신뢰감, 자신감, 호감을 주며 표현해야 한다. 무대에서 자기소개를 할 때 서두 10초에 청중의 마음을 사로잡아야 한다. Look -> Smile -> Talk. 청중을 여유롭게 바라보고 미소 지으며 인사 멘트를 시작한다.

나만의 개성 있는 멘트를 생각해 보자.

삶의 엔돌핀 같은 □□□ 인사드립니다.
따뜻한 감성의 휴머니스트 □□□입니다.
모든 사람들에게 희망을 주는 □□□입니다.
여러분과 행복한 소통을 하고 싶은 □□□입니다.
인생의 티핑포인트를 만들어주는 □□□입니다.
꿈과 성공을 위해 늘 도전하는 □□□입니다.
긍정의 아이콘 □□□입니다.
할 수 있다는 신념으로 최선을 다하는 □□□입니다.
도전을 위해 늘 실행하는 □□□입니다.
볼수록 매력이 느껴지는 □□□입니다.

■ 사계절 인사 멘트 표현법

봄 계절 인사

1. 철쭉꽃이 가득 피어 있는 것을 보니, 마음까지 설레는 봄날입니다.
2. 싱그러운 봄바람이 마음까지 따뜻해지는 계절입니다.
3. 그윽한 라일락 향기가 코끝을 자극하는 계절입니다.
4. 창문 틈 사이로 들어오는 따사로운 햇살이 완연한 봄을 느끼게 합니다.
5. 장미 넝쿨이 우리의 시선을 즐겁게 하는 계절의 여왕 5월입니다.

여름 계절 인사

1. 신록의 계절인 여름이 성큼 다가왔습니다.
2. 초여름의 햇살이 눈부시게 느껴지는 6월입니다.
3. 창밖의 매미 울음소리가 더위를 재촉하는 계절입니다.
4. 한여름에 잊지 못할 멋진 여행 계획은 세우셨나요?

가을 계절 인사

1. 화창한 가을 날씨에 기분까지 좋아지는 계절입니다.
2. 들판에 황금물결을 보니 마음까지 넉넉해지는 가을입니다.
3. 자연의 경치가 수묵화처럼 느껴지는 멋진 계절입니다.
4. 독서하기 좋은 계절, 청명한 가을입니다.

겨울 계절 인사

1. 희망찬 새해를 준비하는 12월입니다.
2. 날씨는 차갑지만 마음만은 포근한 계절입니다.
3. 따뜻한 커피와 대화로 소소한 행복을 느낄 수 있는 계절입니다.
4. 빠르게 지나가는 시간 속에서 설렘 가득한 계절입니다.

임팩트 있는 자기소개 스피치에도 공식이 있다.

1. 인사 멘트와 성함
2. 참석 동기
3. 나의 일(직업)
4. 나의 취미와 특기
5. 나의 꿈(Vision)

이 공식으로 스피치를 하면 짧은 시간 안에 임팩트 있게 나를 PR할 수 있다.

나의 취미와 특기는 아주 간결하게 표현해야 한다. 나열식으로 여러 가지 표현하면 자기소개 시간이 길어지고 지루해진다.

스피지에서 중요한 것 중에 하나가 목소리의 표현이다. 가장 이상적인 목소리는 미소가 느껴지는 목소리로 중음 즉, '미' 톤을 기저로 한 음성이 신뢰성을 준다. 개선해야 할 음성엔 콧소리로 내는 음성, 날카로운 음성, 무기력한 음성, 입안에서 웅얼거리는 음성, 말끝을 흐리는 음성 등이 있다. 이는 듣는 상대가 불편해할 뿐만 아니라 신뢰성에도 문제가 생길 수 있다.

■ 효과적인 스피치의 시작

1. 주제에 대한 언급
- 가장 자주 쓰는 방법 중 하나는 스피치 주제를 알리면서 청중의 집중력을 끌어오는 것이다.

2. 장소와 상황에 대한 언급
- 청중이 특수한 목표를 가지고 그 장소에 모였다면 바로 그 점을 언급하자. 청중의 눈빛부터 달라질 것이다.

3. 청중에 대한 언급
- 미리 청중을 분석, 이해하고 난 후에 적절하게 언급한다.

4. 시사적 언급
- 스피치 주제와 관련된 최근의 사건을 활용하여 말하면 청중에게

신선한 인상을 주고 주의를 끌기에 충분하다.

5. 에피소드

- 개인의 경험에서 이끌어낸 짧은 이야기로 직접 겪은 일화나 가까운 지인이 겪은 일을 말하며 이야기를 시작한다.

6. 놀라운 사실의 언급

- 서두에 자극적인 말을 던짐으로써 청중을 놀라게 한다. 청중의 주의를 끄는 데 아주 효과적이다.

7. 질문으로 시작하기

- 청중에게 질문을 던지며 시작하는 것도 방법이다. 질문에 답하기 위해 집중도가 높아진다.

■ 효과적인 마무리 멘트

1. 최종 요약 및 반복

- 핵심 내용의 언급과 그 내용을 보강하는 것이 가장 현명한 방법이다.

2. 행동으로 실천할 것을 이야기

- 최종 요약과 함께 행동의 촉구와 미래의 가시화로 유용한 마무리

를 한다.

■ 명언을 활용하여 스피치하기

오늘날의 나를 있게 한 것은 우리 마을 도서관이었다.
하버드 졸업장보다 소중한 것이 독서하는 습관이다.

-빌 게이츠

당신 스스로 하지 않으면 아무도 당신의 운명을 개선시켜 주지 않을 것이다.

-B. 브레히트

생각하고 살지 않으면 사는 대로 생각하게 된다.

-폴 발레리

행복한 삶을 살고 싶다면 사람이나 사물이 아닌 목표에 의지하라.

-알버트 아인슈타인

습관을 조심해라. 운명이 된다.

-마가렛 대처 (전) 영국 최초 여성 총리

변명 중에서 가장 어리석고 못난 변명은 '시간이 없어서'라는 변명이다.

-에디슨

나에게 나무 베는 데 한 시간이 주어진다면 나는 도끼를 가는 데 45분을 쓰겠다.

-링컨

바람이 불지 않을 때 바람개비를 돌리는 방법은 앞으로 달려가는 것이다.

-데일 카네기

사랑스러운 눈을 갖고 싶으면, 사람들에게서 좋은 점을 봐라.
아름다운 입술을 가지고 싶으면, 친절한 말을 하라.

-오드리 햅번

승자가 즐겨 쓰는 말은 '다시 한번 해보자'이고
패자가 즐겨 쓰는 말은 '해봐야 별수 없다'이다.

-탈무드

제2장

행복한 인간관계 시크릿

강신옥

강신옥

한국기독교장로회 108회 총회 부총회장

전국 여장로회 회장 역임

연세대학교 미래교육원 출강

전) 이화여자대학교 글로벌미래평생교육원 출강

전) 동국대학교 미래융합교육원 출강

인간관계 전문강사

셀프리더십 전문강사

사람은 태어나서 자신의 일생을 산다. 그러면 '삶'이란 무엇일까? 거기에는 두 가지 의미, 즉 생물학적 의미와 인문학적 의미가 있다. 생물학적 의미는 말 그대로 숨 쉬고 먹고 배설하는 등의 모습을 말한다.

인문학적 의미는 많은 요인을 포함하는데, 그중 핵심적인 것이 "인간관계"라고 생각된다. 고대 그리스의 철학자 아리스토텔레스가 일찍이 그것을 설파하여 "인간은 사회적 동물(social animal)"이라고 말하였다.

인간이 홀로 살 수도 있기는 하다. 그러나 그것은 의미 없는 허전한 삶이다. 즉, 함께 더불어 사는 삶이 진정한 삶이다. 그렇다, 우리는 태어나서 죽는 날까지 누군가와 더불어 살아간다. 누군가와 관계를 맺으면서 태어나고 누군가와 관계를 맺으면서 살아간다. 우리 모두는 인간관계 속에서 살고 있다.

우리의 삶이 인간관계의 연속이라면, 행복한 인간관계는 그것이 곧 행복한 삶이 될 것이다. 나시 말하면, 행복한 삶을 살기 위해서는 행복한 인간관계를 만들고 유지하는 일이 반드시 필요하다.

■ 인간관계

'인간관계'의 사전적 개념은 "둘 이상의 사람이 서로 관계를 맺거나 관련이 있음"이라고 하겠다. 그런데 이러한 관계의 성립을 위해서는 두 가지 조건이 필요하게 된다.

그것은 만남과 감정 교류이다. 바꿔 말하면 인간관계는 반드시 만남과 거기서 발생하는 감정 교류에 의해서 성립되는 것이다. 부연하면, 만남이 없으면 관계는 성립할 수 없다. 그리고 그 만남은 직접 만남이 아닌 전화 등의 간접적인 만남도 해당한다.

만남이 있는데 감정 교류가 없는 경우도 적지 않다. 예를 들어 지하철에서 또는 건널목에서의 만남이다. 지하철을 타고 이동할 경우 많은 사람들을 만나기는 하지만 감정 교류는 없다. 즉, 만나기는 하지만 인간관계가 발생하지는 않는, 그저 스쳐 지나가는 만남인 것이다.

인간관계인 만남과 감정 교류, 이것을 달리 표현하면 삶이라고 한다. 만남과 감정 교류가 완전히 끊어진 사람은 무덤 속의 망자(亡者)이다. 즉, 인간관계가 없는 삶은 죽은 것과 다름없다. 생각해 보면 부모님 사망 시 슬피 우는 것은 그분과의 만남과 감정 교류가 완전히 끊어졌기 때문인 것이다.

이제 만남과 감정 교류의 합인 인간관계에 대해 생각해 보자.

■ 인간 관계의 종류

인간관계는 크게 두 가지로 분류할 수 있다. 좋은 인간관계와 나쁜 인간관계가 그것이다. 좋은 인간관계를 우리는 '사이가 좋다'라고 말하고 나쁜 인간관계를 '사이가 나쁘다'라고 말한다. 그런데 좋은 인간관계와 나쁜 인간관계를 결정하는 요인은 만나는 사람들의 감정이다. 좋은 감정 교류가 있을 때 좋은 인간관계가 형성되고 나쁜 인간관계는 나쁜 감정 교류가 그 원인이다. 좋은 인간관계가 곧 행복한 인간관계임은 물론이다.

앞서 사람의 삶은 인간관계의 연속이고 또한 인간관계 그 자체라고 언급하였다. 그런 관점에서 생각하면 행복한 인간관계는 곧 행복한 삶이다. 그렇다면 행복한 삶인 행복한 인간관계는 어떻게 만들 수 있을까?

■ 행복한 인간관계를 위하여

외적 노력

좋은 인간관계를 위해서는 좋은 감정 교류가 필요하다. 그리고 좋은 감정 교류를 위해서는 적지 않은 노력이 있어야 한다. 상대방을 만났을 때 밝고 환한 미소를 보이는 것이 먼저 필요하다. 어둡고 우울한 표정은 만남의 분위기를 어둡게 만들기 때문이다. 명랑한 목소리도 분위기를 밝게 해줄 것이다. 즉, 밝고 명랑한 표정과 목소리로 기분 좋은 어휘를 써서 인사를 건네는 것이 밝은 감정 교류를 위한 시작이다.

상대방의 말을 경청하는 것도 중요하다. 상대방이 말할 때 산만한 태도를 금하고 반드시 집중해서 들어주어야 한다. 내가 말하는 시간을 줄이고 상대방이 많이 말하게 하는 것은 상대방의 기분을 고양시키는 분위기를 만든다.

처음 만나는 사람의 이름을 메모해 두는 습관도 필요하다. 오랜만에 다시 만났을 때 망설임 없이 그의 이름을 단번에 불러주는 것은 상대방을 기분 좋게 할 것이다. 생일, 결혼 등의 경사를 잘 챙겨서 축하 인사 또는 선물을 하는 것도 필요한 매너이다. 그리고 장례나 입원 등의 걱정되는 일에 빠짐없이 참석하는 것은 더욱 중요하다.

여기서 한 단계 더 생각을 진전시킬 필요가 있다. 나의 감성과 지적 자산을 풍부하게 하는 일이다. 나의 인간적 풍성함은 나를 만나는 이들이 나에게서 무엇인가를 얻을 수 있게 할 것이다. 그리고 그것은 내가 만나는 이들에게 더 풍부하고 선한 영향력을 미치게 할 수 있다.

이를 위해서는 깊고 넓은 감성과 생각의 소유자가 되어야 한다. 그러기 위해선 많은 사색과 폭넓은 독서 등의 뒷받침이 필요하다. 음악, 미술 등 문화적인 소양을 기르는 것도 좋을 것이다. 그리고 나보다 더 나은 사람을 만나는 일에도 노력을 기울일 필요가 있다. 꾸준한 노력을 통해서 내가 성장하고 풍성함을 갖추어 나갈 때 사람들은 나를 더욱 원하고 이를 바탕으로 좋은 인간관계 형성이 가능하다.

내적 연단

좋은 감정 교류가 외적 노력만으로 가능할까?

그렇지 않다. 앞서 말한 외적 노력만으로는 한계가 있다. 외적 노력 또는 외적 기교만으로는 많은 사람과 많은 시간에 걸친 지속적인 좋은 감정 교류는 불가능하다.

좋은 인간관계의 지속을 위해서는 내적인 무언가가 필요하다. 만나는 이들을 향한 좋은 감정의 지속 요인이 나 자신의 내부에 내장되어 있을 때, 비로소 사람 및 시간에 구애받음 없이 좋은 감정 교류와 좋은 인간관계의 지속이 가능해질 것이다.

좋은 감정을 유발하고 지속하게 하는 우리 내면의 가장 크고 궁극적인 요인은 무엇일까? 그것은 사랑의 마음이다. 좋은 감정 분출의 동력은 모든 인간의 내부에 갖추어져 있는 사랑이다.

누구에게나 사랑의 마음이 있다. 사람은 선천적으로 사랑이 가득한 존재다. 다만 성장하면서 세상사에 이리저리 시달리면서 사랑의 감정이 이기심에 밀려난다. 이기심이 사랑의 마음을 압도하는 일이 많아진다. 많은 만남에서 불쾌, 언쟁, 다툼 등 나쁜 인간관계가 빈번한 것은 이 때문이다.

소제목에서 '연단'이라고 표현했다. 외적인 노력과 함께 내적인 노력이 있어야 좋은 감정 교류가 가능하다. 하지만 '노력'이라는 단어만으로 표현하기엔 아쉽기 때문이다. 우리 내면의 궁극적인 요인을 꺼내기 위해선 매우 강한 노력인 연단이 있어야 한다. 사랑의 감정이 본능적이고 강한 이기심을 누르려면 크나큰 연단이 필요하다. 많은 사색과 반성의 시간이 도움이 될 것이다. 큰 사랑에 도달한 성현들의 가르침도 많이 공부하고 숙고해야 한다.

많은 시간의 내적 연단을 통해 사랑의 마음이 커져갈 때 비로소 진정한 좋은 감정 교류가 가능해질 것이다. 진정으로 좋은, 행복한 인간관계가 성립되고 지속될 것이다. 그리고 그것은 곧 행복한 삶으로 이어질 것이다.

■ 크나큰 사랑을 찾아서 (사랑을 설파한 사람들)

플라톤

기원전 425년경 출생한 고대 그리스 철학자이다. 두 가지 사랑을 이야기했다. 에로스와 아가페이다. 에로스는 이상적 상태(이데아)를 추구하려는 열망인데, 그중 하나가 남녀의 사랑이라고 한다. 에로스는 상대방보다 자신을 더 사랑하는 개념이다.

아가페는 무조건적인 사랑이다. 이것은 신이 인간에게 주는 아낌없는 사랑을 말한다. 아무것도 원하지 않고 일방적으로 베풀기만 하는 사랑이 아가페 사랑이다.

훗날 아리스토텔레스가 말한 필리아 사랑이 있다. 이것은 에로스처럼 일방적으로 받으려 하지 않고 아가페처럼 일방적으로 베풀지도 않는 사랑이다. 친구 간의 우애, 동료애를 뜻한다.

이들 중 최고의 사랑인 아가페 사랑은 그리스의 많은 문학 작품들에서 인간 정신의 위대함을 상징하는 표현의 수단으로 사용되었다.

석가

석가의 가르침은 자비(慈悲)에 귀결된다. 자비는 사랑을 의미한다, 그런데 특이하게도 단어 뒷글자에 슬플 비(悲)를 쓰고 있다. 사랑이라는 단어에 왜 '슬픔(悲)'이 들어가게 되었을까?

석가는 모든 인간의 삶을 '괴로움의 바다(苦海:고해)'라고 설명했다. 모두 힘든 삶을 살고 있어서, 그래서 모든 인간은 불쌍한 존재라고 가르친다. 여기서, 괴로움의 원인은 세 가지인데 그중 하나가 분노(瞋:진)이다. 분노에는 여러 종류가 있는데 그중 하나가 사람에게 분노하는 것이다.

석가는 인간이 타인에게 화내는 것은 생각이 부족한, 의미 없는 일이라고 가르친다. 모든 사람은 너 나 없이 부족하므로 실수하고 잘못을 저지를 수밖에 없는데, 여기에 분노하는 것은 잘못된 생각이라고 가르친다. 분노하기보다 상대방의 부족함을 불쌍히 여겨야 한다고 가르친다. 비록 범죄자일지라도 나쁜 사람이 아닌 불쌍한 사람이라고 생각하라는 것이다.

결국 모든 인간은 불쌍한 존재이므로 그를 향하여 미워하거나 화내지 말고 그저 사랑하라는 결론에 이르게 된다. 이런 가르침을 배경으로 슬픔(悲)이 들어간 '자비(慈悲)'를 사랑이라는 단어로 쓰게 된 듯하다.

예수

예수의 가르침이 사랑인 것은 많은 사람들이 잘 알고 있다. 그 가르침의 구체적인 부분을 조금 살펴보자.

성서에 있는 산상설교(山上說教)는 예수 가르침의 집약이라고 할 수 있다. 설교의 앞부분에서 구체적인 삶의 지침을 설파하기 시작하는데, 가장 중요한 지침이기에 첫 번째로 등장한다고 생각되는 가르침이 "노(怒)하지 말라"이다. 그리고 그 가르침에서 노하는 것을 살인(殺人)에 대비하고 있다. 살인하면 심판을 받듯이 형제에 대하여 노하면 심판을 받고 지옥불에 들어가게 될 것이라고 가르친다.

앞서 '사망'은 만남 및 감정 교류의 단절이라고 언급하였다. 생각해보면 화를 내는 것은 잠시라도 그 상대방과의 만남과 감정 교류를 중단하는 상황이 된다. 상대방과 한 시간이거나 하루를 또는 더 긴 시간을 단절 상태로 지내게 된다. 그리고 그 단절의 시간은 상대방과의 '사망 상태'의 시간이 된다. 극언하면, 상대방을 잠시 '살인'한 상황이 되는 것이다. 예수의 분노와 살인의 비유 설명은 근원적인 논리를 지닌 진지하고 심오한 가르침이라 할 수 있다.

용서를 언급한 가르침도 있다. 제자인 베드로가 "형제를 일곱 번 용서하면 될까요?"라고 물었다. 예수의 대답은 "일곱 번씩 일흔 번이라도 용서하라"였다. 무한히 끝없이 용서하라는 가르침이다.

和而不同(화이부동)

공자의 가르침이다. 공자의 가르침을 기록한 책 〈論語(논어)〉에서 "君子는 和而不同하고, 小人은 附和雷同(부화뇌동)한다"라고 가르치고 있다.

'君子'는 어질고 훌륭한 사람을 칭하는 말이다. '小人'은 마음이 좁고 간사한, 많이 부족한 사람의 대명사로 쓰이는 말이다. 附和雷同은 小人의 행실이다. 부화뇌동은 자신의 생각이나 소신 없이 남이 하는 대로 따라가는 것을 말한다. 이를 '同而附和(동이부화)'라고도 말한다. 同而附和는 같이 따라가기만 할 뿐 화목하지는 못한다는 의미다.

마음속으로는 동의하지 않고 화합할 생각이 없으면서 겉으로만 따르는 척하는 세태는 예나 지금이나 적지 않은 듯하다. 그리고 이러한 마음가짐으로는 결코 좋은, 그리고 행복한 인간관계를 만들 수 없을 것임이 분명하다.

'和而不同(화이부동)'은 어질고 훌륭한 사람인 君子의 태도라고 가르치고 있다. 和而不同은 두 가지 의미의 합성어이다. 그 하나는 화목(和)이다. 또 하나는 같아지지 않는다(不同)이다. 즉, "화목하게 지내기는 하지만 같아지지는 않는다"라는 의미이다.

누구나 살면서 무수히 많은 사람들을 만나게 된다. 그중에는 부족하거나 내 마음에 들지 않는 사람이 더 많을 수 있다. 아니 더 많을 게 분명하다. 공자는 이들과 지낼 수 있는 해법을 진지하게 가르쳐주고 있다. 좋지 않은 사람들과도 함께 지내라는 것이다. 함께 지낼 수밖에 없는 우리 삶을 그의 혜안으로 내다본 것이리라.

그들과도 화목하게 지내라고 한다. 결코 다투거나 관계를 단절하지는 말라는 뜻이 내포하고 있는 가르침이다. 화목하게 지내되 그들과 같아지지는 않아야 한다고 강조하고 있다.

공자의 가르침은 매우 현실적이다. 이상주의가 아니다. 예로부터 중국의 사유와 생활 방식은 '實用主義(실용주의)'였다. 공자의 사유와 가르침 역시 그 바탕이 실용주의임이 분명해 보인다.

매우 많은 다양한 사람들을 만날 수밖에 없는 삶에서, '和而不同'을 잘 새기고 삶에 적용하는 것은 무난한 인간관계에 큰 도움이 될 것이다.

에릭 프롬(Eric Froam) (1900~1980)

독일계 미국인으로 사회심리학자이며 인문주의 철학자이다.

많은 세계적인 베스트셀러를 집필했는데, 1956년 출간한 〈사랑의 기술(Art of Loving)〉에서 사랑에 대한 탁월한 정의를 내리고 있다. 그는 먼저 사랑의 중요성을 강조한다. "인간 실존 문제의 궁극적인 해답은 곧 사랑이다. 사랑이 없으면 인간성은 하루도 존재하지 못한다"

라고 말하고 있다.

그런데 그의 사랑의 정의는 매우 명쾌하다. 프롬은 사랑의 구체적인 정의는 '배려(consideration)'라고 말한다. 사랑은 '사랑한다'라고 말하는 것이 아니라 상대방의 약함이나 어려운 점을 도와주고 보살펴주는 것, 곧 '배려'라는 설명이다. 공감이 가는 정의이고 설명이다.

그는 중요한 것 한 가지를 덧붙여 강조하고 있다. 사랑을 배려라고 정의한 후 이어서 사랑의 크기를 정의한다. 그는 "어느 한 사람의 사랑의 크기는 그의 인격의 크기에 비례한다"고 말하고 있다. 큰 인격이라야 큰 사랑이 가능하다는 의미이다. 요약하면 사랑은 곧 배려이고 배려의 마음은 좋은 인격이라야 가능하다는 설명이다. 잠시 생각해 볼 일이다. 나는 배려하는 사람인가? 나의 인격의 크기는 얼마쯤일까?

인간관계는 만남과 감정 교류의 합으로 성립한다. 그리고 그것이 곧 우리네 삶이기도 하다. 그러므로 행복한 인간관계는 곧 행복한 삶이다.

행복한 인간관계를 위한 여러 가지 외적인 모습들 또는 훈련들이 있다. 그러나 그러한 외적인 것들보다 더 중요한 것이 내적 동력이다. 선하고 좋은 외양을 쉼 없이 창출해 낼 수 있는 내적 동력이 있을 때 비로소 행복한 인간관계의 지속이 가능할 것이다.

그 내적 동력은 사랑 곧 배려이다. 앞서 '내적 연단'이라는 어휘를 사용했다. 사랑의 크기를 키우고 이를 발현하기 위해서는 노력을 배가하는 '연단'이 필요하기 때문이다.

사랑 곧 배려는 일시적인 감정이나 피상적인 학습만으로는 그 크기를 키울 수 없다. 정신과 마음의 '연단'이 있을 때에만 그것이 가능할 것 같다. 많은 성현들과 철학들의 궁극의 가르침도 결국 이를 관통하고 있다.

우리 모두의 삶의 목표는 '행복'일진데, 이것은 '행복한 인간관계'가 있을 때 가능한 일이며, 이때 행복의 크기는 내 마음속에 있는 사랑의 크기에 정확히 비례할 것임이 분명하다. 지속적이고 눈물 어린 마음의 연단이 필요하다. 행복한 인간관계를 위해서. 행복한 삶을 위해서.

"모든 생명들을 대할 때 마치 그들이 자정이면 모두 쓰러질 것처럼 상냥하게 대하라"

-오그만디노 著 '아카바의 선물' 中

"德不孤必有隣(덕불고필유린)"
(덕이 있는 사람은 외롭지 않다. 반드시 이웃이 있다)

-孔子

제3장

에니어그램을 통한 나의 여행

이순월

이순월

중앙대학교 행정대학원 졸업(사회복지학)
구립어린이집 원장(현)
총신대학교아동학과학부 강의(전)
서정대학교 강의(전)
연세대학교 미래교육원강의(현)

우리는 서로 다른 성격을 가지고 태어났으며 선천적으로 타고난 성격이 따로 있다. 똑같은 상황에서도 유형별에 따라 무의식 속에 잠재된 서로 다른 행동유형을 보인다. 우리는 100세 시대를 살고 있다. 그때까지 행복하려면 주변에 좋은 사람이 많아야 한다. 그러려면 나의 장점과 단점을 스스로 잘 알고 다른 사람들과 조화를 이루어 나가는 것이 중요하다. 그러기 위해서는 나의 성격유형을 정확하게 파악하는 것이 중요하다고 할 수 있다.

에니어그램은 타고난 나의 성격에 대한 깊은 이해와 타인에 대한 이해를 통해 서로 공감할 수 있는 가장 권위 있는 성격검사로, 청소년기부터 성인기, 노년기에 이르기까지 활용 가능한 것이 장점이라 할 수 있다. 지금부터 에니어그램에 대해 알아보자.

■ 에니어그램의 유래

에니어그램의 정확한 기원은 알 수 없으나 '에니어그램 시스템'이라고 불리는 고대의 지혜가 그 유래가 되었다고 추정되고 있다. 에니어그램 시스템은 구전되어 온 고대 지혜와 보편적인 진리를 집대성해 놓은 것으로, 기독교, 불교, 이슬람교, 유대교 등 종교의 가르침과 더불어 여러 가지 철학이 포함되어 있다.

유대교에서는 구약성경의 아브라함을 에니어그램의 창조자로 보고 있으나 정확한 근거는 없으며, 현대에는 기원전 2,500년경에 바빌론 또는 중동 지방(지금의 아프가니스탄 일대)에서 유래한 것으로 추정하고 있다.

■ 에니어그램의 역사

에니어그램 시스템은 피타고라스와 신플라톤학파(기원전 100년경)를 거쳐 그리스와 러시아의 동방정교회(서기 500년경), 이슬람교의 수피즘(14~15세기)으로 구전이 이어졌다. 입으로만 전해 내려오던 에니어그램 시스템을 서구에 처음으로 소개한 것은 러시아의 신비주의자 구르지예프(Gurdjieff)이다. 그는 수피즘의 단체인 나크쉬밴디스(Naqshbandis)를 통해 에니어그램 시스템을 소개받아 자신이 연구한 것을 1915년에서 1916년 사이에 파리에서 공개하였다. 이후 볼리비아의 이차소(Ichazo)가 1960년대에 칠레 아리카연구소에서 에니어그램 시스템을 기반으로 9가지의 유형을 개발했고, 1970년대에 클라우디오 나랑호(Claudio Naranjo)에 의해 미국 기독교계에서 급속도로 확산하였다.

그 후 에니어그램의 신비주의적, 종교 중심적인 접근법에서 벗어나기 위해 구르지예프와 이카조의 에니어그램을 재정리하여 성격 심리학적인 접근을 시도하였다.

대한민국에 에니어그램이 소개된 것은 1984년에 박인재가 번역한 구르지예프의 저서 〈위대한 만남(Meeting with remarkable men)〉이 최초이다. 그 후 일부 천주교 사제들을 중심으로 지엽적인 교육이 이루어지다가 우재현이 1997년 한국에니어그램협회를, 윤운성이 1998년에 한국에니어그램학회를 창설하고 에니어그램을 대중에게 알렸다. 우리나라 최초의 에니어그램 검사지는 우재현이 개발 출판하였으며, 이후 윤운성은 2001년에 표준화된 한국형 에니어그램 성격유형검사를 출판했다.

■ 에니어그램의 정의와 목적

에니어그램(Ennea + Grammos)이란 9가지 성격 유형과 관계를 표시한 도형이다. 사고, 느낌, 행동에 대한 9가지 독특성과 패턴이 있으며 너와 나를 이해하기 위한 기초적인 자료를 제공하는 유형 검사이다.

에니어그램의 목적은 첫 번째로 자아를 발견하여 자신을 충분히 이해하는 것이다. 두 번째로 타인을 발견하여 타인을 인정하는 것이다. 환경의 영향을 받아도 내면의 기본 유형은 불변한다는 원칙과, 집착에서 벗어나 통합과 균형을 이룬다는 목적을 가지고 있다.

■ 에니어그램의 유형

에니어그램에는 3가지 유형이 있는데 가슴형, 머리형, 장형이 있다. 3가지 유형은 다시 9가지로 나뉘는데, 유형별로 어떤 특성이 나타나는지 간단하게 정리해 보았다.

개혁가(1번 유형)

합리적이고 이상적이며 원칙을 중요하게 생각하는 유형이다. 건강하지 않을 때는 규범적이며 완벽주의적이며 편협된 성격을 나타내기도 한다. 유명인사로는 마가렛 대처, 박정희 등을 들 수 있다.

매사에 완벽함을 도모하고 건설적인 자세로 자신의 이상을 추구하며 이를 위해 노력하고 항상 공정함과 정의를 염두에 두고 정직하고 신뢰할 수 있는 성품으로 자신의 윤리관에 자신을 갖는다. 인상이 깔끔하고 항상 자제하는 자세를 잃지 않고 '해야 한다.'라는 말을 자주 한다. '자신은 올바른 길을 걷고 있다.', '매사를 정확하게 파악하고 있다.'라는 생각에 만족감을 느낀다.

장점은 신뢰할 수 있는 모습과 똑똑하고 이상주의적 사고, 공정, 정직, 정확, 자제력 있는 특성을 보이며 단점은 선악의 기준으로 판단하기 쉬우며 완고하고 독선적이며 강박관념을 가지고 있다. 흠잡기를 좋아하고 지나치게 꼼꼼하며 사람을 조종하려 하는 특성도 나타내고 있다.

조력가(2번 유형)

보호적 모성애적 유형으로 남을 배려하고 남에게 도움이 되는 것을 좋아한다. 반면 소유욕이 강하며 남을 조종하는 성격으로 바뀔 때도 있다. 유명인사로는 마더 테레사, 나이팅게일 등을 들 수 있다.

정이 많고 곤경에 빠진 사람들에게 도움의 손길을 주며 주변 사람들을 도와주는 일을 좋아한다. 타인이 필요로 하는 것에 몰두하지만 타인의 도움이 필요한 자신에 대해서는 자각하지 못한다. 예리한 직감을 가지고 있으며 주위 사람들의 기분을 이해하고 거기에 맞출 수 있기 때문에 적응력이 뛰어난 편이다. 또한 다양한 자기 모습을 가지고 있어 상대방에 따라 다른 모습을 연출할 수 있다.

장점으로는 정이 많으며 사람을 잘 돌보고 적응력이 뛰어나고 직관력이 뛰어나며 마음이 넓고 매사에 열중하고 사람들의 기분을 잘 이해한다. 단점은 순교자처럼 행동하고 돌려서 표현하며, 사람을 조종하고 독점하려 하는 히스테리가 심한 점 등의 특징을 나타내고 있다.

성취자 (3번 유형)

성공 지향적이고, 실용주의적 유형으로서 자기 확신에 차 있고 야

망이 있으며 자기도취적이고 적대적 성격도 가지고 있다. 유명인사로는 김연아, 이명박 대통령, 지미 카터, 빌 클린턴 등을 들 수 있다.

항상 효율을 중시하고 성공을 위해서는 자신의 생활을 희생시키더라도 신경 쓰지 않는다. 인생의 가치를 '실패냐 성공이냐'라는 척도로 보고 실적을 중시하는 열정적인 사람으로, 일이나 인간관계에서 성공을 꿈꾼다. 자신감에 넘친 인상으로 주위 사람들에게 좋은 인상을 심어주려 하며 '성공했다', '일을 효율적이고 성공적으로 완수해냈다'는 것에 가장 큰 만족을 얻는 유형이다.

장점은 낙관적이고 자신감에 넘쳐 있으며 근면하고 유능하며 자신의 힘으로 일을 추진하는 힘이 있으며 정력적이고 실질적인 면 등의 특징이 있다.

단점은 신뢰할 수 없는 행동을 하며 자아도취에 빠져 있고 잘난 척하고 자만하며 천박하고, 심술궂으며 지나친 경쟁의식을 갖는 점 등의 특징을 나타내고 있다.

예술가(4번 유형)

명상적이고 수줍은 유형으로, 창조적이고 개인주의적이며 수줍어하는 편이며 우울한 성격을 나타낸다. 유명인사로는 마이클 잭슨, 앙드레 김 등이 있다.

자신은 특별한 사람이라고 자부하고 있으며 무엇보다도 감동을 중시하고 평범함을 싫어한다. 다른 사람들보다 슬픔이나 고독 등도 진하게 느낀다. 타인에 대한 이해심이 많고 사람들을 배려하고 격려하는 것을 좋아한다. 또한 자신을 드라마 속의 연기자처럼 느끼고 있으며 행동에서 패션에 이르기까지 세련된 느낌과 표현력이 풍부하다는 인상을 준다. '나는 특별한 존재이다', '나는 감수성이 풍부하다'라는 자기 모습에 가장 큰 만족을 느끼는 유형이다.

장점은 마음이 따뜻하고 이해심이 많으며 자기 성찰이 뛰어나고 표현력이 풍부하면서 독창적이고 직관적이다. 사람들을 뒷받침하고 격려하고 세련된 면을 가지고 있다.

단점은 의기소침해하고 자의식이 너무 강하며 죄책감에 잘 사로잡히는 편이며 도덕을 내세운다. 또한 움츠러들기 쉽고 옹고집을 부리거나 변덕스럽고 너무 깊은 생각에 잠기며 고민에 빠지는 점 등을 들 수 있다.

사색가(5번 유형)

지적이고 분석적인 유형으로 통찰적이며 독창적이다. 반면에 괴짜, 병적 공포심이 많은 성격이다. 유명인사로는 이건희, 이창호(바둑), 프리드리히 니체, 아인슈타인, 프로이트, 빌게이츠, 에디슨 등을 들 수 있다.

분석력과 통찰력이 뛰어나며 객관적이고 초연한 태도를 일관되게 유지하려고 한다. 현실을 파악하는 관찰력이 뛰어나지만 말이 적고 태도가 조심스럽다. 어리석은 판단을 내리는 것을 두려워하며 일을 시작하기 전에 정보를 열심히 수집해 상황을 정확하게 파악하려고 한다. 또한 고독을 즐기는 경향이 강하고 자신만의 시간과 공간을 매우 중요하게 여긴다. '지혜로운 사람', '현명한 사람', '무엇이든지 잘 알고 있는 사람'이라는 자신의 모습에 가장 큰 만족을 드러낸다.

장점은 분석적이며 끈기가 있고 예민하고 현명하다. 객관적이며 통찰력이 예리하고 자제력이 있는 편이다. 단점은 지적인 면에서 오만한 옹고집을 가지고 있으며 쌀쌀맞고 흠잡기를 좋아하고 내성적이고 소극적인 성격을 가지고 있다.

충성가(6번 유형)

의무적 전통적 유형으로서 호감형이며 책임감이 강하나 반면 의존적인 성향도 강하다. 유명인사로는 장세동 등을 들 수 있다.

책임감이 강하고 안전을 추구하는 유형으로 친구나 자기가 믿는 신념에 가장 충실한 사람들이다. 전통이나 단체에 강한 충성심을 갖고 있으며 공동체에 대한 헌신이 대단하다. 신중하고 거짓말을 모르는 그들은 협조적이며 조화를 이루며 믿음직스럽다.

상대에게 호감을 주는 유형으로 '책임감이 있다', '신실하다', '충성스럽고 믿을 만하다'라는 말에 가장 큰 만족을 얻는다.

장점은 충실하며 남들에게 호감을 주며 다른 사람들을 가족처럼 돌보고 마음이 따뜻하며 정이 많고 실질적인 면이 많으며 책임감이 강하다. 단점은 경계심이 지나치게 많으며 자신을 지나치게 방어하며 사고에 유연성이 없는 점 등을 동시에 가지고 있다.

낙천가 (7번 유형)

극도로 활동적이며 개방적 유형이며 정열적이고 완벽한 성격도 가지고 있다. 과도하며 광적인 성격도 가지고 있는 열정적인 유형이다. 유명인사로는 스티븐 스필버그, 노홍철, 짐캐리 등을 들 수 있다.

모든 일을 낙관적으로 보려고 하며 밝고 명랑하며 자기 주변에서 즐거움을 찾아내는 능력이 뛰어나다. 좋아하는 사람들이 주변에 많이 있으며 자기 자신도 매력적인 인간이 되려고 노력하며 아이디어와 상상력이 풍부하며 호기심이 많다. '항상 즐겁다', '너무나 유쾌하다', '앞으로 계획이 무궁무진하다'라는 것에 만족을 얻는다.

장점은 즐거운 일을 좋아하고 호기심이 많으며 자주성이 있고 상상력이 풍부하다. 열정적이며 신속하고 자신감에 넘쳐 있으며 매력적인 모습 등을 보이는 유형이다. 단점은 자기 자신에 도취되고 충동적이며 어느 하나에 집중하지 못하고 반항적인 면이 있다. 자제력을 쉽게 잃어버리며 광적인 상태에 빠져 도박이나 중독에 빠질 수도 있으며 안정감을 상실하는 모습을 보여주기도 한다.

지도자(8번 유형)

강력하고 지배하는 유형으로 자기신념이 강하고 단호하며 독재적이고 파괴적인 성격도 함께 가지고 있다. 유명인사로는 히틀러, 나폴

레옹, 마틴 루터 킹 등을 들 수 있다.

자신이 옳다고 생각하는 것에 대해서는 전력을 다해 싸우는 전사다. 용기와 힘이 넘치고 허영심 등을 재빠르게 꿰뚫어 보며 그것에 결연히 대항한다. 권력 구조를 파악하는 능력이 뛰어나며 자신의 강한 힘을 발휘할 수 있는 위치를 확보하는 능력도 가지고 있다. 거드름을 피우지 않고 성실하며 약자를 옹호하고 보호하려고 하며 '할 수 있다', '힘이 넘친다'라는 자신의 모습에 가장 만족을 느끼는 유형이다.

장점은 단도직입적이며 권위가 있으며 성실하고 정력적인 모습을 보여준다. 허세를 부리지 않고 자신감 있는 모습도 보여준다. 단점은 타인을 조종하려 하고 반항적인 모습, 둔감하고 오만하며 자기중심적이고 억지를 부리는 모습을 나타낸다.

중재자(9번 유형)

태평하고 사양하는 유형으로 매사에 수용적이며 믿음직스러운 모습을 보인다. 건강하지 않을 때는 수동적이고 억압적인 성격을 나타낸다. 유명인사로는 로날드 레이건 등을 들 수 있다.

갈등이나 긴장을 피하는 평화주의자로 자신의 내면이 혼란스러워지는 것을 싫어한다. 다른 사람들에게 쉽게 동화되기 때문에 주위 사람들의 영향을 받기 쉽다. 그러나 좋은 환경에 있으면 마음이 넓고 동요되는 일이 없으며 강한 인내심을 보인다. 편견이 없고 다른 사람의 기분을 이해할 줄 알기 때문에 타인의 고민도 잘 들어준다. '안정감'

과 '조화'로 넘쳐 있는 상태에 가장 큰 만족을 느끼는 유형이다.

장점은 붙임성이 있으며 온순하고 마음이 넓으며 인내심이 강하고 포용력이 높다. 타인의 심정을 이해하고 타인의 처지에서 생각하는 성향이 강하다. 단점은 현실적인 대처를 잘하지 못하고 자신과 관계없는 일에는 무관심하며 옹고집을 부리고 둔감하고 나태하며 마음이 연약한 점 등을 들 수 있다.

이상 에니어그램 성격유형의 보편적인 성향에 대해 알아보았다. 에니어그램을 간단하게 설명하였지만 에니어그램은 정통적이며 무궁무진하고 아주 깊은 학문이다. 이 밖에도 에니어그램 성격유형은 세부적으로 분류되기 때문에 관심이 있는 분들은 에니어그램의 성격유형에 가까이 접근해 보면 좋을 것 같다.

본인은 나와 타인에 대한 각별한 관심으로 에니어그램을 처음 만나게 되었고, 지금은 에니어그램의 매력에 빠져 널리 강의를 하고 있다. 에니어그램을 통해 나와 타인에 대해 이해의 폭도 훨씬 더 넓어진 것을 스스로 느낀다. 인간관계에 대한 궁금증이 있거나 나 자신을 통찰하고 타인과 더욱더 소통하고 공감하며 원만하고 성숙한 인간관계를 원한다면 에니어그램에 관심을 가져보는 것도 좋을 것 같다.

이상적인 인간관계를 통해 더욱더 행복한 삶을 영위하기를 바란다.

	항목	A	B	C
1	나는 감성적이어서 혼자 있을 때가 많다.			
2	나는 다른 사람들과 함께 일하기를 더 좋아한다.			
3	나는 혼자서 자신만의 고상한 취미를 즐긴다.			
4	나의 관심사는 다른 사람들을 도와주는 것이다.			
5	나는 나의 능력을 발휘하는데 많은 시간을 투자한다.			
6	나는 낭만적이고 예술가적인 기질이 있다.			
7	나는 사람들을 지나치게 칭찬한다.			
8	나는 내 생각보다는 남의 생각에 공감할 때가 많다.			
9	나는 과정보다는 결과가 중요하다.			
10	나는 인간중심적이기 보다는 오히려 목표 중심적이다.			
11	나는 내가 이방인처럼 느껴질 때가 있다.			
12	나는 적응력이 뛰어나 상황에 따라 적절히 대응한다.			
13	나의 다른 사람보다 독특한 감정을 가지고 있다.			
14	나는 때로 분위기에 따라 나의 감정이 변한다.			
15	나는 지나치게 경쟁적이다.			
16	나는 친구들을 도와 줄 때 기분이 좋다.			
17	나는 사람들에 대한 배려보다는 일의 성취를 더 중요하게 생각한다.			
18	나는 사람들을 관심 있게 대하고 잘 보살피는 편이다.			
19	나는 사람들과 친해지려고 많이 노력하고 있다.			
20	나는 마음이 따뜻하지만 때로는 질투심을 느낄 때도 있다.			

	항목	A	B	C
21	나는 성공만이 애정을 획득하는 길이라고 생각한다.			
22	나는 맡은 일을 효율적으로 한다.			
23	나는 타인의 감정을 위해 자신을 희생하기도 한다.			
24	나는 감동적인 것을 추구하다가 혼자 우울해지기도 한다.			
25	나는 타인의 호감을 얻기 위해 노력(아첨)한다.			
26	나는 뒤떨어지지 않기 위해 무엇인가를 끊임없이 행한다.			
27	나는 평범한 삶의 방식을 싫어한다.			

점수			
구분	A	B	C

	항목	D	E	F
28	나는 무엇인가에 집중하여 생각한다.			
29	나는 자발적으로 재미있는 일을 즐긴다.			
30	나는 문제가 있으면 풀릴 때까지 그것만 골똘히 생각한다.			
31	나는 공적인 것보다는 개인생활에 대한 관심이 많다.			
32	나는 모험적이다.			
33	나는 끊임없이 변화하는 생활을 좋아한다.			
34	나는 명확한 지침이 있을 때 일의 능률이 오른다.			
35	나는 사랑하는 사람을 가끔 의심하는 경향이 있다.			
36	나는 자극이나 흥분을 유발하는 활동을 좋아한다.			
37	나는 분석적인 사고를 가지고 있다.			
38	나는 때때로 어린 아이처럼 유쾌하다.			
39	나는 가끔 자신을 부정하거나 의심한다.			
40	나는 시간이나 돈을 아끼는 경향이 있다.			
41	나는 소속집단에 협력하여 책임감을 발휘한다.			
42	나의 관심사는 나를 둘러싼 세계를 이해하는 것이다.			
43	나는 모든 일에서 안전을 중요하게 생각한다.			
44	나는 스스로 고립하여 고민하기도 한다.			
45	나는 낙천적으로 세상을 살아간다.			
46	사람들은 나에게 용기가 필요하다고 말한다.			
47	나는 여러 가지 새로운 경험을 추구한다.			
48	나는 한 가지 일에 정착하기가 어렵다.			

	항목	D	E	F
49	나의 지적이며 냉철하게 관찰하는 편이다.			
50	나는 결과에 대한 두려움 때문에 일을 질질 끄는 경우가 있다.			
51	나는 머리로 모든 것을 이해하고 판단한다.			
52	나는 충성할 만한 사람에게는 헌신할 수 있다.			
53	나는 참을성이 없는 편이다.			
54	나는 친하게 지내는 사람과 영원한 우정을 유지하도록 노력한다.			

점수			
구분	D	E	F

학부모 에니어그램강의

연세대학교 에니어그램강의

기타 학부모 강의

제4장

인생은 설득의 연속이다

정연숙

정연숙

라이프 에듀케이션 강사

설득의 심리학 강사

에듀라이프협회 강사

설득은 인생을 살아가며 일상생활 속에서 매일 이뤄진다. 설득을 잘하게 되면 대인관계가 좋아지고 일의 성취도가 높아지기 때문에 삶의 매우 중요한 부분이다.

설득하는 사람의 표정과 태도, 말의 타이밍, 주변 환경 등에 의해 동일하게 말을 하더라도 설득이 잘될 수도 있고 그렇지 않을 수도 있다. 설득은 상대가 기분 좋을 때, 바쁘지 않은 시간대에 주변이 조용하고 집중할 수 있는 공간에서 차를 마시면서 이야기를 나누면 잘될 확률이 높다.

설득이란 상대의 마음을 사로잡아 협력을 얻어내는 것으로 상대의 공감을 이끌어 내는 것이다. 설득을 잘하려면 나 자신이 하나의 브랜드이기 때문에 신뢰성, 전문성, 자신감, 호감 4가지 요소가 필요하다.

설득의 4가지 요소

신뢰성	전문성	자신감	호감

이 중에서 가장 중요한 것은 신뢰성이다. 대인관계에서 신뢰성이 높은 사람은 약속을 잘 지키고, 솔선수범하며 항상 최선을 다하는 모습을 보인다. 이런 사람이 무언가 제안을 하거나 이야기를 하면 경청하게 된다.

신뢰성은 대인관계에서 만남의 시간이 어느 정도 지나봐야 느낄 수 있는 부분이다. 만나자마자 상대의 신뢰성을 알 수는 없다.

본인의 일에 전문성을 가지고 자신감 있게 이야기할 때 설득력이 생기는데 전문성을 알 수 있는 부분은 그 분야 라이센스나 경력, 해당 분야에 성공사례 등을 보고 알 수 있다.

아프면 병원의 전문의에게 진료를 받고 운동은 전문 트레이너에게 받듯이 우리는 전문가를 신뢰하고 상의하게 된다. 어떤 분야에 전문성이 있다면 내면에 강한 자신감이 있지만 말과 행동에서 묻어나오는 당당한 자신감도 중요하다. 여유 있는 표정과 제스처, 말하는 모습에서 당당하면 상대에게 신뢰를 줄 수 있다.

인간은 이미지가 비호감이라면 외면하기 쉽기 때문에 호감 가는 이미지를 만드는 것이 상당히 중요하다. 호감 가는 이미지를 만들려면 평상시 표정 습관을 밝게 하고 상대방을 배려하는 마음과 행동이 습관화되어야 한다. 하루아침에 호감 가는 이미지로 만드는 것은 힘들지만 매일 긍정적 마인드로 밝은 표정과 부드러운 말투, 사회 매너를 습관화하려고 노력해야 한다.

상대방의 말을 경청하는 의미에서 상대방의 끝말 어휘를 반복해 표현하면 호감을 주기 쉬워진다. 또한 설득할 때 진심을 담아 간결하고 리듬감 있게 표현하는 것이 좋다.

우리는 잘못을 인정하는 사람을 좋아하게 된다. 실수를 했을 때 핑계를 대는 사람보다는 인정하고 앞으로 그러한 실수를 하지 않겠다고 구체적으로 표현해주면 기분 나빴던 마음도 사르르 녹게 된다.

어부지리(漁父之利) 뜻은 두 사람이 이해관계로 서로 싸우는 사이에 엉뚱한 사람이 애쓰지 않고 가로챈 이익을 이르는 말이다.

어부지리의 유래는 중국 전국시대 진나라가 막강한 국력을 바탕으로 천하통일을 이루려고 할 무렵에 연나라에 흉년이 든 것을 기회로 이웃 조나라가 침공하려는 것을 소문을 통해 들은 연나라 대신 소대가 조나라 혜문왕을 만나 설득할 때 사용했던 사례가 있다.

"제가 이 나라에 들어올 때 우연히 모래 백사장을 보니 조개가 입을 벌리고 볕을 쬐고 있었는데 황새 한 마리가 날아와 조개를 쪼자 조개는 급히 입을 꽉 다물어 버렸습니다. 다급해진 황새가 좌우로 흔들어 보지만 조개는 떨어지지 않았습니다. 이렇게 한참을 다투고 있을 때 지나가던 어부가 이를 보고 힘들이지 않고 둘 다 잡아가고 말았습니다. 왕은 지금 연나라를 치려 하십니다만, 연나라가 조개라면 조나라는 황새입니다. 이렇게 연나라와 조나라가 싸워 국력을 소모하면 진나라가 어부가 되어 두 나라를 다 가질 것입니다."라고 말해서 조나라 혜문왕이 계획했던 전쟁을 중단한 역사적 사례가 있다.

이렇듯 국가 간 전쟁을 막은 사례도 있을 정도로 설득, 협상은 개인뿐만 아니라 국가와 국가 간에도 중요한 역할을 한다.

설득은 상대의 마음을 움직이게 하면서 나의 의견에 찬성하게 하는 것으로, 설득이 가장 어려운 사람이 누구인지 설문조사를 했는데 '가족' 설득이 가장 어렵다고 답변을 했다.

부모가 자녀를, 자녀가 부모를, 부부간 설득이 가장 어려운 이유는 뭘까? 너무 편한 사이라서 그럴 수도 있다. 하지만 부모는 거실에서 TV를 보면서 자녀에게 공부하라고 이야기하면 당연히 설득은 힘들다. 가족으로서 서로 본보기를 보이면서 설득해야 한다는 점도 작용한다. 그래서 '아이들 앞에서는 함부로 찬물도 못 마신다'라는 말이 있듯이 이 말은 아이들 보는 앞에서는 말과 행동을 조심하라는 의미다.

■ 호감 가는 이미지 만들기

인상이 좋은 사람을 만나면 기분이 좋아진다. 하지만 무표정하거나 인상이 좋지 않은 사람과는 가까이 대하기가 불편하다. 좋은 인상을 위해 아침에 일어나면 입 모양을 '아, 에, 이, 오, 우' 하면서 '위스키~'로 하루를 시작하면 웃는 근육이 자리를 잡아서 밝은 표정이 된다.

평상시 혼자 업무를 하거나 책을 읽을 때도 입술 꼬리를 살짝 위로 올리는 습관만으로도 기분이 좋아지고 멋진 표정을 갖게 된다.

상황에 맞는 옷차림도 중요하다. 정장 차림을 입어야 하는 자리에는 격식을 갖추는 것이 품위가 있고 신뢰감을 주는데, 무대에서 발표나 인사말 등 여러 청중 앞에 설 때 정장 차림은 나의 이미지를 품격 있게 만들어준다.

이미지에는 내적 이미지, 외적 이미지, 사회적 이미지가 있는데 내적 이미지는 명상과 긍정적 자기암시를 매일 꾸준히 하고 책 읽기나 자기 계발을 통해 내면의 이미지를 좋게 할 수 있다.

외적 이미지는 표정, 헤어, 메이크업, 옷차림 등 첫인상에 결정되는 요소로, 눈으로 바로 보이는 요소이다. 첫인상이 결정되는 시간은 아주 짧기 때문에 외적 이미지를 잘 활용한다면 사회생활에 도움이 된다. 첫인상이 좋다면 다른 부분들도 덩달아 좋게 보이는 후광 효과를 얻을 수 있기 때문이다. 사회적 이미지는 CEO라면 리더다운 이미지 메이킹을 하게 되면 리더십을 발휘하는 데 큰 도움이 된다.

■ 상대에게 말할 기회를 주면 태도가 바뀐다

설득을 하기 위해 내가 많은 말을 하기보다 열린 질문을 통해 상대의 이야기를 충분히 경청하면 상대의 현재 상황, 심리, 욕구 등을 파악할 수 있고 설득의 대화로 이끌어 나가는 데 효과적이다.

경청할 때는 몸을 상대에게 향하게 하고 끄덕이거나 리액션해 주는 것이 중요하다. 내가 상대방의 말을 듣고 있다는 제스처로 적절한 맞장구를 한다면 상대의 이야기를 더 쉽게 끄집어낼 수 있다.

열린 질문은 상대방의 생각, 느낌, 감정을 알 수 있는 질문인데 예를 들어 "요즘 등산하신다고 들었는데 등산을 하시니 어떤 점이 좋던가요?"라고 질문한다면 상대는 등산의 좋은 점을 이야기할 것이다. "기분이 무척 상쾌해지구요, 정상에 오르면 성취감도 느끼고 한 주의 스트레스가 싹 풀리는 느낌이 들어서 좋습니다."라고 답변을 하는 식으로 자연스럽게 소통이 된다.

■ 기한과 수량의 한정을 말한다

일과 관련된 이야기를 할 때 설득에서 기한과 수량을 말하는 것이 클로징으로 연결되는 중요한 부분이다. 정확한 일자와 시간의 종료, 수량이 한정되어 있음을 이야기할 때 사람의 마음은 그 내용에 집중하게 된다. 명품일수록 한정 수량으로 만드는데, 전국에 단 몇 개, 전 세계에 단 몇 개밖에 없는 소중한 희소성을 이야기한다면 갖고 싶은 생각이 들어서 구매로 이어진다.

자원이 적으면 적을수록 더 갖고 싶은 것이 사람의 심리이다. 라이브 방송에서 "한정수량 □개입니다. 곧 매진 임박입니다. 지금 현재 수량 ○개 남았습니다"라는 멘트를 듣게 되면 심장이 두근거리면서 제품을 사려고 클릭하게 되는 경우가 종종 있다.

쉽게 얻을 수 없는 것은 상대적으로 가치가 높고 상실에 대한 두려움이 생기기 때문이다. 그래서 세상에 단 하나밖에 없는 예술품은 경매에 나왔을 때 엄청난 가격으로 낙찰되는 사례가 많다.

값으로 따질 수 없는 가치를 제한하고 한정할 때 설득력은 더욱 올라간다. 백화점 세일 기간 중에 가장 많은 고객이 오는 요일을 통계로 내봤는데 금요일, 토요일, 일요일까지 단 3일간의 세일 기간이라면 사람들은 어느 요일에 가장 많이 갈까?

통계에 의하면 일요일에 사람들이 가장 몰리는 것으로 나왔는데, 일요일은 세일이 끝나는 마지막 날이기 때문이다.

■ 콤플렉스에 대한 대처법을 제시하며 '당신을 위해서'라고 말한다

설득은 내가 좋아지는 것을 이야기하는 것이 아니라 상대방이 좋아지는 점을 이야기해야 더욱 효과적이다.

"당신의 행복한 소통을 위해서 경청을 해 보세요"

"당신의 건강을 위해 바로 오늘부터 바로 운동을 해 보세요"

"당신의 동안 피부를 위해서 이 화장품을 사용해 보세요"

하지만 이야기하는 사람은 스스로가 롤 모델이 되어야 한다. 예를 들어 화장품 모델의 피부가 잡티 하나 없이 좋으면 화장품의 호감도는 상승하지만, 모델의 피부가 칙칙하고 좋지 않다면 사고 싶은 생각이 싹 사라진다. 헬스클럽에 가서 상담을 받을 때 근육질의 트레이너와 상담을 하면 '나도 운동하면 저렇게 되겠지'라는 기대심리로 헬스클럽에 등록할 확률이 높아진다.

■ 큰 요청을 거부하게 만든 다음 작은 요청을 해서 승낙을 얻어낸다

부동산 거래나 중고 거래 등을 할 때 내가 본래 예상한 가격보다 조금 높게 설정하여 사는 사람과 협상해 내가 원하는 가격이 될 수 있도록 하는 것이다. 실제 생활에서 많이 사용되고 있는 부분인데 협상이 되어 원하는 가격으로 설정되면 상대와 내가 만족하게 되는 것이다. 하지만 금액을 너무 과하게 이야기한다면 설득이 안 될 수도 있어서 상황에 맞게 대처해야 한다.

■ No라고 대답할 수 없도록 질문한다

대화에서 거절에 대한 두려움을 느끼는 사람들이 상당히 많다. 하지만 질문 시에 2~3가지의 선택권을 상대에게 주면 거절보다는 선택을 하게 될 확률이 높다. 그 선택지를 내가 준비해서 이야기해야 한다.

약속을 정할 때도 "월요일 점심 식사 같이할까요?" 물었는데 상대가 "월요일에 약속이 있어요"라도 대답하면 대화가 끊겨버리는 느낌이 든다. 하지만 "월요일이나 화요일 중에 점심 식사 같이할까요?"라고 선택권을 주면 약속이 이뤄질 확률이 높아진다. 혹여 월요일, 화요일에 상대방이 스케줄이 있더라도 미안해서 다른 일정을 잡게 된다.

레스토랑에서 손님들이 어떤 메뉴를 가장 많이 선택하는지 통계를 내 보았다.

스테이크 레스토랑에서 3가지 메뉴를 메뉴판에 기재했다.

A코스: 스프, 샐러드, 스테이크 10만 원

B코스: 샐러드, 스테이크 7만 원

C메뉴: 스테이크 5만 원

어떤 메뉴를 가장 많이 선택했을까? 중간 가격인 B코스를 가장 많이 선택했다. 사람의 심리가 가장 비싼 가격, 또는 가장 저렴한 것보다는 중간 가격을 선택했을 때 만족도가 가장 높다는 것이다.

제안서를 작성해서 이야기할 거라면 중간 가격을 타깃 상품으로 정하는 것이 설득력이 높아진다.

상대방의 생각을 설득하는 표현법이 있다. “현명하신 여러분은 이 의견에 찬성해 주실 거라고 믿습니다” 이 문장을 들었을 때 ‘찬성하지 않으면 현명하지 않은 사람이 되는 거구나’라고 느끼게 되어 찬성으로 이끄는 심리적인 문장이다.

대화에서 상대와 의견이 달라서 충돌하고 있을 때 나의 의견을 강력하게 밀고 나가는 것이 아니라 상대의 이야기를 먼저 인정해주고 그 뒤에 나의 의견을 제시하는 Yes & But 기법이 있다.

> 상대방의 말을 Yes(수용)했을 때 신뢰감이 형성되고 마음의 문이 열린다.
> “네. 맞습니다.”
> “네. 좋은 의견이십니다.”
> But(설득 전략)
> “그런데 제 생각은 이렇습니다.”
> “하지만 제 견해는 이것이 더 효율적이라고 생각합니다.”

예문을 보면,

고객: 제품이 좀 비싸네요.
점원: 저렴하지는 않지만, 매우 실용적인 상품이라 인기가 많습니다.

이렇게 점원이 제품이 비싼 것을 인정한 뒤 상품이 실용적이라고 이야기를 하면 고객은 '제품이 비싸지만 그만큼 가치가 있겠구나'라는 생각에 구매까지 연결될 수 있다.

■ 나와 비슷한 사람을 좋아하게 된다

대부분은 공통의 대화 화제가 많은 사람을 좋아하게 되는데, 라포르가 형성되고 호감이 생겨야 설득이 되듯이 처음 만난 사람과도 여러 가지 공통점을 찾는 것이 중요하다. 상대의 마음의 문을 효과적으로 열게 하는 것은 유대감이다.

같은 고향, 학연, 지연, 취미를 갖고 있다면 시간 가는 줄 모르고 이야기하는 경우가 많은데, 우연히 알게 된 같은 고향, 학교 선후배만큼 반가운 일은 없는 것처럼 이런 공통의 화제로 라포르가 형성되면 자연스럽게 설득으로 연결된다.

■ 구체적인 대안과 데이터를 제시한다

대화를 할 때 두리뭉실하게 표현하기보다는 구체적인 대안과 데이터를 제시한다.

다이어트가 고민인 분에게 "오늘부터 운동을 해야 살이 빠집니다" 처럼 표현하기보다는 "다이어트를 위해서는 운동과 식사하는 방법이 중요합니다. 운동은 1주일에 3회 정도 1시간 이상 땀이 날 정도의 강도로 유산소 운동과 근력 운동을 같이 병행하셔야 되구요. 식사는 탄수화물 양을 줄이고 단백질 섭취를 높이면서 기존에 먹던 양보다 소식하셔야 효과적인 다이어트가 됩니다"라고 표현하면 실천하게 될 확률이 높아진다. 특히 상대가 꼼꼼하고 완벽을 추구하는 신중형이라면 데이터를 더욱 많이 준비해서 비교하고 분석 해 주는 것을 좋아한다.

■ 상대방의 가치관은 건드리지 않는다

상대방의 정치, 종교, 지역감정, 프라이버시 등은 건들지 않는 것이 중요하다. 모임에서도 맛있는 음식을 먹다가 정치, 종교, 지역감정 등을 이야기하는 순간 분위기가 험악해지며 분쟁이 생긴다. 서로의 가치관을 존중해주는 것이 중요하다.

■ 설득을 높이는 마법의 언어 왜냐하면 (Because)~

상대방에게 설명할 때 효과적인 접속어다. '왜냐하면' 뒤에는 합리적인 이유가 예견되기 때문이다.

"이 제품은 지금 사지 않으면 후회하실 거예요. 왜냐하면 인기가 많아서 곧 품절될 예정이거든요" 방송에서 이런 멘트는 제품을 사지 않으면 후회가 될 것 같은 느낌이 들게 하는 표현이다.

아시다시피~

"아시다시피, 이 상품은 구성이 좋습니다.", "아시다시피, 이것은 베스트셀러 제품이에요"라는 문장을 듣는다면 '이 상품은 대중들이 많이 알고 있는 유명한 제품이구나'를 느끼게 해주는 표현이라서 그 상품에 대해 신뢰를 갖게 된다.

■ 설득은 마음가짐이 중요하다

의류 사업을 할 때 단순히 옷을 파는 것이 아니라 고객에게 멋진 스타일을 파는 마음으로 접근한다면 자연스럽게 매출이 증가한다.

여성들은 대체로 백화점에 가서 옷을 살 때 여러 브랜드 매장을 둘러보고 입어본 후 사는 것을 결정한다.

A매장에서는 "두 벌 입어본 것이 다 잘 어울리니 백화점 나오신 김에 두 벌 다 사세요"라고 말하고, B매장에서는 "고객님에게 이 디자

인과 이 컬러가 더 잘 어울리니 이 옷을 사시는 것이 더 좋겠습니다"라고 말한다면 우리는 B매장을 더 신뢰하게 된다.

커피 매장은 단순히 커피만을 파는 것이 아니라 편안한 분위기를 판다는 마음이 단골 고객을 만들게 된다. 단순한 음식을 파는 것이 아니라 웰빙을 파는 마음, 침대를 파는 것이 아니라 숙면을 판다는 마음가짐이 고객의 마음을 사로잡는다.

스티브잡스가 펩시콜라 CEO 존 스컬리에게 애플의 CEO를 맡아 달라고 부탁할 때 한 말이 유명세를 탔다.

"남은 인생 내내 설탕물을 팔길 원합니까? 아니면 세상을 바꿀 기회를 원합니까?"

이 내용을 보면 애플을 통해 세상을 바꾸는 원대한 꿈을 가지고 일해보라는 의미가 내포되어 있듯이 말의 표현에 따라 설득력이 생긴다.

사람의 유형은 다양하기 때문에 같은 방식, 같은 말로 설득해서는 안 된다.

성취형, 표출형, 우호형, 분석형에 따라 다른 설득기법을 알아보자.

성취형

일에 관심이 많고 자기주장이 강하며 감정을 잘 드러내지 않고 과

시욕이 강한 유형으로 일과 관련이 있는 이익을 제시했을 때 관심을 갖는다. 목소리가 크고 요구가 많으며 화를 잘 내는 타입이다.

표출형

끊임없이 자기표현을 하며 말하는 것을 좋아하고 활달한 성격의 소유자로 감정 설득에 약하다. 분위기 메이커로 이야기의 촉진자 역할을 하는, 사람 중심의 타입이다.

우호형

수긍을 잘하고 맞장구를 잘 치며 감정이입을 잘하며 사람 좋다는 말을 자주 듣는다. 이들의 마음을 제대로 알기 위해서는 대화를 통해 생각을 파악해야 한다. 화를 내지 않고 급하지 않으며 꾸준한 면을 가지고 있다.

분석형

끊임없이 주변을 분석하고 완벽함을 추구하는 메모광으로 감정과 의사표현을 잘 하지 않는다. 이들은 구체적인 대안과 데이터를 제시해주는 것을 좋아한다. 완벽함을 추구하고 보수적이고 이성적, 일 중심의 과정을 중요시하는 까다로운 타입이다.

사업이나 영업으로 중요한 협상이나 설득이 필요한 자리의 만남이 약속되어 있다면 만나는 상대와 회사를 철저히 분석하고 파악한 후 만나는 것이 중요하다.

설득은 상대방을 만나기 전에 어떻게 이야기할 것인지 시뮬레이션을 머릿속으로 그려봐야 한다. 제안할 조건과 예상 질문 등을 준비해서 당황하지 말아야 한다. 지피지기 백전불태(知彼知己 白戰不殆)라는 말이 있듯이 나를 알고 상대를 알면 설득이 더욱 쉬워진다.

한국인의 설득은 외국인과 차이점이 있다. 먼저 동질감으로 라포르 형성을 해야 하고 상대방을 높여주는 것이 중요하다. 그리고 궁금한 사항이 있을 때 즉시 솔루션을 제시해야 마음을 얻을 수 있다.

"남을 설득하려고 할 때는 자기가 먼저 감동하고 자기를 설득하는 데서부터 시작해야 한다"는 토마스 칼라일의 명언처럼 상대를 설득하기 전에 나 스스로에게 이야기해보고 설득력이 된다면 상대를 설득할 수 있는 힘이 생긴다.

설득을 잘하기 위해서는 상대의 마음을 움직이고 감동시키는 솔직한 말과 열정, 집중하는 간절함과 자기암시도 필요하다.

제5장

꽃과의 힐링 소통

윤영석

라이프 에듀로 나를 브랜딩하다

윤영석

연세대 미래교육원 출강
플로리스트
꽃차 소믈리에
바리스타

일상생활 속에서 꽃은 우리에게 미소와 행복을 주는 아름다운 선물 같은 존재이다. 사랑하는 사람에게 선물하거나 축하하는 소중한 자리에 꽃은 늘 우리 곁에 있는데 프러포즈, 결혼, 생일, 이벤트를 할 때 꼭 필요한 우리 일상의 선물로 웃음을 준다.

플로리스트로 40년 넘게 활동하면서 그동안 강의도 하고 제자도 양성해 왔다. 요즘은 꽃 테라피 강의와 성전 꽃꽂이 봉사활동으로 매주 행복감과 즐거움을 느끼며 지내고 있다.

새벽시장에 가서 그 많은 꽃 중에서 그날 분위기에 맞는 꽃을 고르는 설렘과 꽃들이 모여 조화를 이루는 모습에서 뿌듯함을 느낀다. 꽃들이 왔다고 방긋 웃는다. 꽃을 한 아름 안고 걸어가는 이 길은 지상 최고의 길이라고 생각한다. 은혜와 사랑 없이는 할 수 없는 일. 정성을 다해 성전을 노랗게 빨갛게 채색해 나간다. 할 때 좋은 일보다 하고 나서 좋은 일을 하고 싶은 마음이다. 특히 웨딩 플라워를 장식할 때는 결혼하는 부부가 행복하게 잘 살기를 기도하는 마음으로 더욱 정성을 다하게 된다.

남편이 동국대와 서경대 교수직을 은퇴하고 홍천에 전원생활을 지내고 싶다며 홍천에 세컨하우스를 지은 지 몇 년 지났는데 정원을 얼마나 정성스럽게 가꾸었는지 다양한 꽃들이 점점 늘면서 각양각색의 아름다운 자태를 뽐내고 있어서 보는 것만으로도 미소를 짓게 한다.

칸나, 금낭화, 한련화, 여귀 등 한 해 한 해 지날수록 새로운 꽃으로 정원은 풍성해졌다. 정원에서 마시는 꽃차는 자연이 우리에게 선사해 주는 소중한 시간이 된다. 지인들이 홍천에 놀러 오면 힐링 그 자체가 되고 서울에서의 만남보다 훨씬 마음의 여유가 생기는 것은 자연과 어우러져 있기 때문이다.

소담스러운 꽃을 실내에 꽂아 놓으면 집 안에 생기가 돌고 운치가 있어서 카페에 온 듯한 느낌이 들기도 한다. 가끔 꽃다발과 꽃바구니를 직접 만들어서 선물도 하다 보면, 주는 즐거움으로 행복해지는 느낌이 든다.

우리나라는 사계절이 있어서 더 다양한 꽃을 볼 수 있다. 계절의 변화에 지루할 틈 없이 늘 새로운 세계를 접한다.

봄이 되는 것을 개나리가 먼저 알려주고 진달래, 벚꽃, 목련, 수선화, 유채꽃, 민들레, 튤립 등이 피어서 계절이 더욱 화려해진다. 여름에는 카네이션, 해바라기, 나팔꽃, 붓꽃, 참나리, 장미가 피면서 절정에 이르고 계절의 여왕 5월은 장미를 장식하며 화려하게 수를 놓는다.

초여름 살랑바람에 라일락 향기가 코끝을 스치면 어느 향수보다 더 향기로움이 느껴진다. 가을에는 코스모스, 국화로 여운을 주고 겨울에는 동백나무꽃, 크리스마스 로즈, 팔레놉시스 등이 피어난다. 사계절 모두 다양한 꽃들을 볼 수 있다는 것이 신기하다.

손녀도 정원이 아기자기하게 꾸며진 홍천 집을 좋아해서 자주 놀러 오는데 정원이 우거지니 새들도 와서 둥지를 틀고 집새가 되었다. 아침에 새들의 합창 소리로 기분 좋게 시작하는 이런 운치는 서울에서 느끼지 못하는 새로운 세상이다. 집 마당은 새들의 놀이터가 되었다. 예쁘고 앙증스럽고 기르지 않아도 스스로 부화한다. 비가 오면 더 푸르름이 진해지고 앵두가 빨갛게 익어 먹음직스러워진다.

7월의 정원은 하늘나리, 나팔꽃이 나무를 타고 올라가고 해바라기도 피니 정원이 풍성해지면 마음까지 풍요로워진다.

어린 시절 부모님이 꽃을 사랑하다 보니 우리 집은 사계절 모두 꽃밭이었다. 그런 환경에서 자라서인지 늘 긍정적인 마음으로 생활할 수 있었고, 플로리스트의 길로 접어들게 한 계기가 되었다. 우리 엄마는 꽃을 잘 안다. 어찌 다뤄야 잘 피어나는지 대번에 알 만큼 엄마는 평생 꽃 속에서 사셨다. 외할아버지는 겨울에도 분재에 꽃을 피워냈고 엄마도 선물은 꽃이면 최고라고 하신다.

"엄마 뭐 사갈까?" 하면 으레 "꽃"이라고 서슴없이 답변하신다. 그러시던 엄마가 혼자서는 일어날 수도 없다니, 가끔 울 엄마랑 논다.

홍천 집이 꽃 정원으로 바뀐 것은 내 삶이 꽃과 친숙하기 때문이다. 여름이라 해바라기가 쑥쑥 성장하고 바나나 잎이 쫙 뻗으니 정원이 더욱 풍성해진다. 홍천의 이웃들은 정이 많아 이장님이 배추를 한 아름 가져오시면 아들과 함께 김치도 담고 깍두기도 담고 싱싱한 자연의 맛을 그대로 느낄 수 있다.

땅은 씨를 뿌린 대로 우리에게 풍성하게 보상해주는 자연의 섭리다. 들깨 터는 것을 간만에 해보았는데 고소한 깨 냄새가 진동하고 들깨들이 한 무더기 쌓여가는 것을 보니 땀은 나지만 보람 있는 시간이었다.

꽃은 갤러리의 어느 작품보다 더 멋져서 감상하다 보면 시간 가는 줄 모른다.

세상에나 어쩜 이리 예쁠까? 늘 보면서 감탄한다.

◀ 다알리아

홍천 정원에서 가끔 꽃차를 마시는데 차를 마시면 마음의 안정 효과가 있고 피로회복에 도움이 된다. 주로 마시는 꽃차는 국화, 재스민, 팬지, 장미, 금어초 등의 꽃을 직접 덖어서 꽃차로 마신다. 꽃차 소믈리에 과정을 통해 새로운 정보와 다양한 효능도 알게 되어 유익했다.

꽃차 한 잔의 여유에 세상 부러울 것이 없는 소중한 시간, 꽃은 마음의 치유 역할을 한다는 것을 꽃을 가까이하면서 자연스럽게 느끼고 되었다. 일상생활에서 지친 나에게 무언가 주고 싶다면 꽃을 선물해 보자.

나의 책상이나 잘 보이는 곳에 꽃을 꽂아 놓아두면 그것만으로 분위기가 밝아진다. 그 공간에 머무르는 동안 행복해지는 느낌. 수고한 나에게 아름다운 장미나, 향이 좋은 노란색 후레지아는 심리적으로 안정감을 주고 세상에 대한 감사함도 생겨난다.

인생을 앞만 보고 달리다 보면 지쳐 있는 나를 발견하게 된다. 아주 잠시라도 여유가 필요하다. 요즘은 매주 생화 꽃꽂이 서비스를 받는 분들이 많이 늘어나는데, 그 이상의 큰 가치, 일상의 여유 때문일 것이다.

파란 하늘에 산들바람이 불더니 노란 아이리스가 폈다.

개울가에 핀 아이리스가 청초하면서도 강인해 보인다.

아카시아 꽃향기가 천지를 가득 메운 날 아카시아 채집해서 겨우

한 바구니 따서 성급히 간다.

어렸을 때 아카시아 꽃을 먹던 기억도 새록새록 나는데 꽃차로도 좋고 여러 가지 먹거리로 활용할 것들이 많다.

홍천의 정원이 이렇게 푸르르고 예쁜 것은 남편과 나의 땀이 들어가 있기 때문이다. 작품도 만들어 보고 잔디를 잡초 없이 고르게 유지하려면 손이 많이 간다.

남편이 정원 가꾸기를 너무 즐겁게 하고 있어서 아름다운 정원을 매일 볼 수 있음에 감사하다. 꽃도 누군가가 좋아하는 것을 안다. 보고 또 봐도 예쁘고 꽃은 시들어도 지면서도 웃기에 덩달아 나도 미소 짓게 된다.

앞마당에 앵두를 심었는데 비가 오니 더 탐스럽게 빨갛게 윤기가 난다. 어렸을 때 간식으로 먹던 앵두, 앵두를 먹으며 추억을 먹는다. 손녀도 맛있게 잘 먹으니 잘 심었다 싶다.

부용화는 작년에 피고 진 꽃을 뿌리만 두고 잘랐다. 봄부터 서서히 기어 나온 꽃대 순이 어느새 키가 커서 집안 정원을 가득 메운다. 바람에 휘둘리길래 순 잡아주었더니 드디어 피었다.

아침에 일어나니 눈이 휘둥그레지고 콩닥거리는 기쁨. 꽃이 주는 인내를 보며 아침 비를 맞는다.

이쁘게 피어라! 겨울 이긴 부용화야!

어버이날이라고 우리가 쉬고 있는 홍천에 아들이 와서 마당 잔치를 한다. 고기에 상추, 깻잎, 고추 등 푸짐하게 한 상 차려놓고 막걸리 한잔에 두런두런 부자지간에 오가는 대화가 행복이라는 이름으로 감사함을 느끼게 하는 하루를 보낸다.

■ 감사 십계명

1. 생각이 곧 감사다
- 생각(think)과 감사(thank)는 어원이 같다. 깊은 생각이 감사를 불러일으킨다.

2. 작은 것부터 감사하라
- 바다도 작은 물방울부터 시작되었다. 아주 사소하고 작아 보이는 것에 먼저 감사하라. 그러면 큰 감사 거리를 만나게 된다.

3. 자신에게 감사하라.
- 성 어거스틴은 이런 말을 남겼다. “인간은 높은 산과 태양과 별들을 보고 감탄하면서 정작 자신에 대해서는 감탄하지 않는다” 자신에게 감사하는 것은 매우 중요하다.

4. 일상을 감사하라

- 숨을 쉬거나 맑은 하늘을 보는 것처럼 관심을 가지지 않으면 절대 할 수 없는 감사가 어려운 감사이다. 일상에 관심을 가지고 감사하자.

5. 문제를 감사하라

- 문제에는 항상 해결책도 있게 마련이다.

6. 더불어 감사하라

- 장작도 함께 쌓여 있을 때 더 잘 타는 법이다. 가족끼리 감사를 나누면 30배, 60배, 100배의 결실로 돌아온다.

7. 그럼에도 불구하고 감사하라

- 결과를 보고 감사하지 말라. 문제 앞에서 드리는 감사가 아름답다.

8. 잠들기 전 시간에 감사하라

- 대부분의 사람들이 짜증과 걱정을 안고 잠자리에 든다. 잠들기 전의 감사는 영혼의 청소가 된다.

9. 감사의 능력을 믿고 감사하라

- 감사에는 메아리 효과가 있다. 감사하면 감사하는 대로 이루어진다.

10. 모든 것에 감사하라

- 당신의 삶에서 은혜와 감사가 아닌 것은 단 한 가지도 없다.

별빛에 감사하는 자에게 달빛을 주시고,
달빛에 감사하는 자에게 햇빛을 주시고,

햇빛에 감사하는 자에게 영원히 지지 않는 주님의 은혜의 빛을 주신다.

-스펄전 목사 이야기 중

나는 도시형의 여자라서 내가 없는 서울은 생각조차도 할 수 없었는데, 이제는 내가 없는 홍천 전원은 생각할 수 없다는 이 아니러니는 뭐지….

숲을 안고 산소를 통째로 마시는 머리가 맑아지고 기분 좋아지는 느낌. 봄에는 새의 요람이 되어 새들이 합창하고 여름에는 풀벌레 천국으로 푸성귀 집하장이 되어 들판은 온통 먹거리 천국이 된다.

콩도 익어가고 동부도 익어가고 호박도 늙어가는 자연의 섭리 속에 사랑할 수밖에 없는 풀벌레 소리. 자연에게 기울어져 가는 나의 마음은 어쩔 수 없다.

바라보는 이 없어도 자라는 일에 열중하는 우리 배추, 한동안 가보지 못했는데 혼자서도 잘 큰다. 혼자서 꽃을 피우고 혼자서 잎을 쑥쑥 키운다.

사진으로 일기를 써서 아침에 배달 온 홍천 텃밭. 생기 가득한 나의 뜰 모습이다. 자연은 나를 일으켜 세우는 강력한 엔돌핀이다.

배추 두 포기 뽑아와 멸치 다시마 국물 내어 된장국 끓이고 홍어쌈장도 만들어 본다. 시골맛 두 배 즐기기 위한 것 욕심에 바람 빼고 감사에 감사를 더하는 하루를 보낸다.

홍천은 호박 축제 중! 예배 후 축제장으로 간다.

농자 지은이들의 모두는 환희에 차 있다. 이들도 가을맞이하는 농사예술가들이다. 씨앗에서 열매가 되기까지 이들의 손은 마이더스 손이다.

홍천은 축제 중이다.

내가 생각하는 것과 마음먹은 것까지 모두 주관하시는 주님! 새벽부터 저녁까지 감사하며 보냈다.

웨딩 플라워 장식 후 가장 뿌듯한 이 순간에 기념 촬영을 해본다. 꽃꽂이를 하는 동안 몸이 고단하기도 하지만 꽃에 심취해 있는 순간 모든 것을 잊게 되는 신기함을 경험한다. 소중한 부부가 탄생하는 소중한 시간과 귀한 공간이다.

일하는 건 그냥 행복한 거다. 논다는 건 일하기 전에 쉬는 것이고 일이 좋다. 바쁘면서도 행복한 성취감이 선물이다. 해가 갈수록 내가 하고 있는 일이 얼마나 소중한 것인지 알게 된다. 일하는 자만이 아는 기쁨이기에 좋다.

꽃길 40년

주님이 주신 꽃길에서 오늘은 모두 모여 단합대회를 하였다.

은혜가 아니면 아프다고 사양했을 거고 좀 더 쉬어야 된다고 미뤘을 꽃. 꽃을 보면 초심으로 돌아가 다시 시작하는 거다. 지난 것은 잊고서 기쁨 주시어 감사합니다.

쉬엄쉬엄, 자박자박 그렇게 걸어서 개나리 모두 지기 전 자락길을 걷는다. 드문드문 사람 행렬에 끼여 감쪽같이 묻어서 중정봉 오르기 시작했다. 산빛 고와서 헤매다 즐기던 안 산자락 봄, 그렇게 가보고 싶은 자락길을 부담 없이 행복하게 감사하면서 걷는다.

봄을 알리는 개나리가 노랗게 물들어 있다.

내 모습 보듯이 나는 또 다른 분신, 닮음에 전율한다.

인생을 살아가며 힘들 때 힘들다고 말하지 않아도 알아주는 이가 있으면 세상은 살맛 나는 거다. 아들, 며느리가 바빠 손녀를 자주 보는데 손녀는 나의 비타민 에너지이다.

백설 공주 뮤지컬과 오페라, 지가 백설 공주 역할 한단다. 서로 진이 다하도록 공연 삼매경에 빠져든다. 손녀가 이쁜 짓 할 때마다 내가 곁에 있으니 얼마나 감사한지 행복은 말하지 않아도 가슴에서 솟아오르는 그 뭉클함이다.

홍천의 봄은 걷는 숲길이다. 지친 몸의 기력 회복은 은총이다.

겹작약도 사고 줄수국도 사고 파초 같은 바나나잎 한 그루도 산다.

일하고 싶은 활력을 주심에 감사하다.

꽃은 물도 주고 따뜻한 사랑을 주면 핀다.

아이리스 꽃이 따뜻한 봄바람에 은은하게 스치우듯 향기보다 자태가 이쁘다. 눈인사하는 꽃, 언제나 그 자리 비탈진 곳에 서서 이야기한다. 계단 아래 쪼르륵 봄노래 합창 야생화 만세!

내 삶은 지금부터 봄이다. 봄꽃들이 그렇다고 하며 믿으라고 한다.

새로 핀 꽃들을 보니 무엇이 그리 바빴을까? 제대로 피는 것을 토닥토닥 살피지도 못하고 봄꽃을 그렇게 혼자 피게 한 것이 안쓰러워서 무기한으로 홍천 사랑에 빠진다. 내 사랑 홍천 내 사랑 봄 노래 사랑 꽃들은 '오늘이 봄이야' 한다.

하늘과 땅은 마술사이다. 어쩌면 좋지 이렇게 아름다워서….

추수감사절 익은 곡식들처럼 우리의 인생도 익어간다.

감사하는 마음과 정성이 더 깃들어 간다.

소박한 꽃과 풍성한 과일들로 가득 채우니 보기만 해도 풍요로워지는 느낌이 든다.

나이가 드니 참으로 편함이 좋다. 스스로 저절로 알아지고 깨달아지는 것도, 하루살이에게도 배우는 것이 있다.

깨닫는다는 것은 활력소이며 신기한 에너지이다.

이제 다시 일어난다. 내 소리로 누군가에게 내가 지내 온 가치관의 열매들을, 45년 동안의 꽃 이야기를 많은 사람들과 공유하고 싶다.

제6장

인상이 바뀌면 인생이 바뀐다

최은레

최은례

최은례 현대명리학 연구소 소장
연세대학교 미래교육원 출강
원광대학교 동양철학 석사
인재개발원 강사, 마이크로 임팩트 강사
(사)한국교육협회 교육이사

■ 얼굴은 마음의 거울이다

사람의 성격은 생각을 만들고 만들어진 생각에 따라 운명이 만들어진다. 행운의 씨앗을 뿌리면 행운의 결실을 이루어갈 것이고, 불행의 씨앗을 뿌리면 불행의 결실을 보게 되는 것은 자신이 만들어낸 성격에서 나온다는 것이다. 그래서 얼굴에서는 자신의 성격이 그대로 표현되는 것이다. 우리가 자신을 안다는 것은 생각만큼 쉬운 일이 아니다.

인상은 내비게이션과 같다.

먼 여행을 떠날 때 자동차의 내비게이션이 안내하는 대로 따라가면 되듯 인상을 보는 것은 우리 삶의 여정을 좀 더 쉽게 갈 수 있게 도와준다. 인상을 통해 알게 되는 것은 그 사람의 정보이고, 자신을 좀 더 객관적으로 받아들이게 된다. 얼굴은 그 사람의 모든 정보를 가득 담고 있다.

"운명은 상을 만들고 상은 운명을 만든다."*

얼굴 관리가 필요한 단적인 말이다.

■ 인상을 봐야 하는 이유는 다양하다

첫 번째는 자신을 잘 알기 위함이다. 현재와 미래, 과거를 판단하는 것으로 얼굴은 삼정이 있다. 초년을 뜻하는 상정은 15세부터 30세까지, 중정은 31세부터 50세까지, 말년의 턱은 51세부터 노년의 살까지 본다. 과거를 보는 곳은 상정, 현재를 볼 때 중정, 미래는 하정으로 나누어 본다.

두 번째는 자기 자신을 가꾸고 얼굴을 꾸미는 것과 연관이 있다. 우리는 아름답게 보이기 위해 화장을 하고 성형을 한다. 사람은 모두 아름다워지고자 하는 잠재의식이 있기 때문이다. 얼굴을 가꾸는 것은 나의 자존감이고 상대에 대한 예의이다. 인상은 얼굴을 가꾼다면 운명을 바꿀 수 있다는 것을 의미하는 것이다.

셋째는 인상을 보는 것은 우리 얼굴에서 행운을 찾기 위해서다. 행운을 부르는 얼굴은 누구나 가지고 싶은 얼굴이기 때문이다. 얼굴 관

* 홍사중, 〈나의 관상학-홍사중의 고전 다시 읽기〉, (이다미디어, 2016), 4

리를 하면 운명이 좋아지고 행운은 저절로 찾아오기 때문이다.

넷째는 자기 건강을 지키고 자신을 보호할 수 있다. 상정과 중정, 하정을 통해 질병 유무를 관찰하기도 하고 내 몸의 현재 상태를 본다.

다섯째는 하고자 하는 일과 하는 일의 성공과 실패를 알기도 한다.

여섯째는 좋은 인재를 적재적소에 등용시키고 나쁜 일을 미리 예방할 수 있다.

아름다운 인상은 자신이 만들어가야 한다. 인상은 사람 인(人), 서로 상(相)을 합하여 인상이라 하고. 얼굴 상(相), 머리와 신체의 골격, 손발을 본다. 부족한 부분을 자신의 의지와 노력으로 만들어가는 것이 좋은 인상으로 가는 지름길이다.

인상을 읽는 순서는 따로 정해져 있지는 않다. 얼굴의 골격, 눈코입의 모양과 생김새, 얼굴의 색을 보고 성격을 알고 나이에 따른 부위를 보면서 현재 상황을 읽는다.

■ 인상의 포인트는 얼굴이다

인상 좋은 얼굴이란?

보기에 아름다운 얼굴은 비율이 좋아야 한다. 비율이 좋다는 것은 삼정이 1:1:1이 되어야 균형이 좋다고 한다.

삼정이란 천지인이라 하며 이마를 하늘 천이라 하고 턱을 땅 지, 코가 사람 인이다. 하늘, 땅, 사람이 머무는 곳이 삼정이다.

■ 얼굴의 균형은 오악으로 알 수 있다

오악이란 얼굴에서 우뚝 솟아 있는 곳으로 인상을 볼 때 가장 먼저 살피는 곳이다. 오악이란 중국의 5대 산을 말한다. 신선이 산다는 신성한 산이다.

오악이란?

이마. 턱. 좌우 광대. 코를 뜻하며 이마는 남악. 코는 중악. 턱은 북악. 좌우 광대는 동악과 서악이다. 오악이 반듯하고 솟아올라야 균형이 맞는다고 한다. 오악에서 어디 한쪽의 균형이 깨지면 그곳에 문제가 생긴다.

■ 얼굴의 조화는 오관을 보면 알 수 있다

오관이란 우리의 오감을 담당하고 있으며 눈, 코, 입, 귀, 눈썹을 말한다. 오관은 둥글고 두툼하며 반듯한 것이 좋다. 오관 다섯 곳이 똑같이 크거나 작아야 균형이 맞아 조화를 이룬다고 할 수 있다. 오관이 큼직하다면 활동적이고 단순하며 행동을 먼저 하고 오관이 작으면 세심하고 정적으로 생각을 많이 하는 사람이다.

인상의 기본인 삼정, 오악, 오관을 살펴보았으니 인상의 중요 부위를 알아보기로 하자.

■ 머리

머리는 양의 기운, 즉 하늘의 기운을 받는 곳이다. 머리는 높고 둥글고 들어간 곳이 없고 살짝 돌출되어야 양의 기운인 하늘의 기운을 받게 된다. 머리는 넓어야 좋다. 일찍 명예를 얻으며 원하는 직업을 갖게 된다. 만약 머리가 틀어져 있게 되면 좋은 직업과 명예를 가지더라도 오랫동안 유지가 어렵다.

또한 머리의 피부가 두꺼워야 건강에 좋으며 머리 피부가 얇으면 몸이 허약하다고 한다. 머리를 손끝으로 살살 두드려주면 머리가 맑아지는 효과를 볼 수 있다.

우리 머리뼈 양 끝을 두각이라 하는데, 학식과 재능이 뛰어난 사람을 두각을 나타낸다고 한다. 두각이 좋으면 성공을 하고 자기 분야에서 최고가 되는 것이다.

■ 이마

이마는 뒤로 넘어가지 않고 간을 엎어 놓은 것처럼 볼록하고 두툼한 것이 좋다. 가운데가 벽처럼 반듯하고 윤기가 있으면 하늘의 기운을 받아 명예를 가지게 된다. 이마가 봉긋하고 색이 밝고 윤기가 좋으면 두뇌가 좋고 자신의 직위가 생긴다. 이마는 직위가 높고, 낮은 것을 알 수 있다.

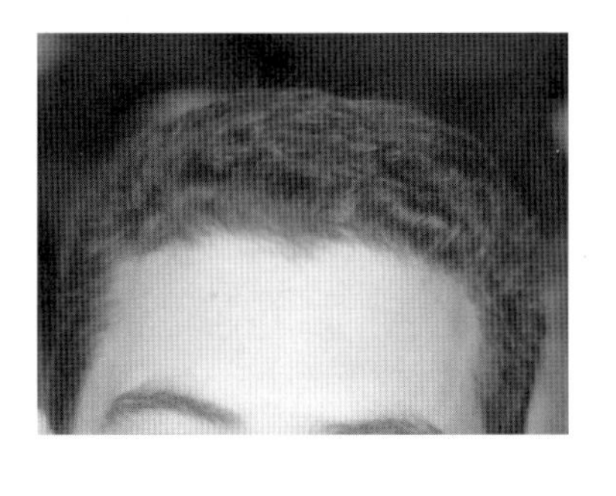

이마가 네모 반듯하게 생기면 귀한 일을 한다. 남성적인 힘이 강하고 문과보다 이과적인 능력이 있고 숫자 다루는 게 능숙하고 적극적이며 진취적이고 실무에 능하다.

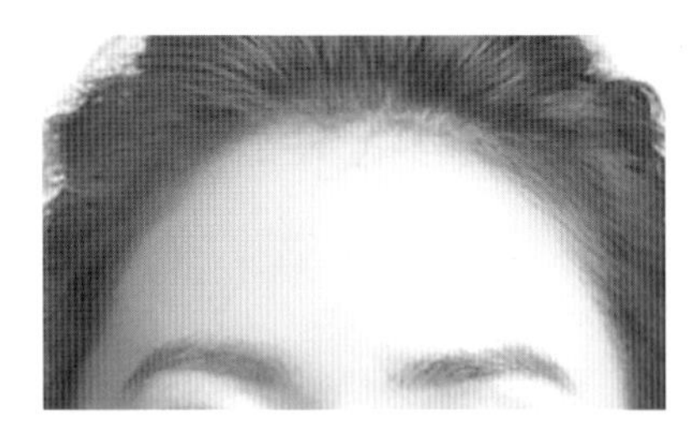

이마가 둥글면 여성스럽고 문과와 예체능에 능하다. 감성과 감정이 발달하여 주변에 대한 이해가 빠르고 섬세하면서 부드

러우며 마음이 따뜻하다. 둥근 이마가 넓게 볼록하면서 높으면 리더십이 강하여 타고난 사업성을 발휘하고 명예와 부를 가지게 된다. 아이디어가 풍부하고 기억력이 탁월하여 자신의 능력을 마음껏 펼치게 된다.

■ 3자 이마

예술적인 소양이 뛰어나며 감수성이 남다르고 감각적인 세심함이 있다. 뛰어난 미적인 감각이 있으며 약간의 반항하는 기질이 있어 아랫사람을 챙기는 사랑이 많은 이마이다. 여성적이고 부드러워 보이나 부모와의 관계는 약간의 소원함이 생기기도 한다. 윗사람보다 아랫사람을 챙기다 보니 웃어른과는 마찰이 있을 수 있어 프리랜서나 혼자 하는 연구직이 어울리고 독립적인 일에 적합하다.

이마가 아주 넓으면 지적이고 총명하고 현명하여 신중한 사람이 된다. 여자는 무뚝뚝하다고 느끼게 된다. 이마는 살아가면서 자연스럽게 넓어지는 게 좋다. 이마가 넓다면 윗사람의 도움을 많이 받으며 운이 좋아지기 쉽다. 독창적인 아이디어가 많아 판단력이 남다르고 일처리도 수월하게 잘한다.

■ 눈썹

눈썹은 얼굴을 예쁘게 만들어주고 아름다움을 결정해 준다. 눈이 집이면 눈썹은 지붕이 되어 눈을 아름답게 하고 빛나게 해준다. 얼굴에서 눈썹을 지운다면 낯설고 어색하여 다른 사람처럼 보인다. 그만큼 눈썹은 미적인 면에서 아주 중요하다. 또한 감정의 척도라 그 사람의 감정을 알기도 한다. 눈썹을 찡그리거나 깜박인다면 상대가 기분이 좋은 상태인지 나쁜 상태인지 바로 알 수 있다.

오감 중의 하나인 눈썹은 오관으로서 수명을 관장한다고 하여 '보수관'이라 한다. 신을 담당하는 눈이 집이고 눈썹은 지붕을 담당하여 눈을 지켜준다. 눈썹은 어리석음이나 지혜를 보는 곳이다. 과거 눈썹은 형제자매를 보는 곳이었으나 현대에 와서는 대인관계와 인간관계를 보는 곳이 되었다.

눈썹은 사람의 성격을 나타내며 수명을 보고 그 사람의 인기의 상태도 볼 수 있다. 눈썹이 부드러우면 주변과의 관계가 원만하고 잘 어우러지며 사교적인 성격으로 많은 인기가 있으며 자신의 사람도 잘 챙긴다. 인상을 볼 때, 눈썹은 부드럽고 윤기가 있어야 하고 살짝 피부가 보여야 좋고 수풀처럼 누워 두 눈을 덮는 게 모양이 수려하다. 눈썹이 눈을 지나 길다면 부귀를 누리고 눈썹이 눈을 덮지 못하고 짧다면 대인관계가 원만하지 못하며 삶의 애환과 고단함이 있다.

눈썹의 끝이 위로 치켜지면 삶이 능동적이고 적극적이고 눈썹 끝이 아래로 향하면 사람이 선하고 남에게 양보하는 경향이 강하다.

눈썹뼈가 불거져 나온 사람은 자신이 하는 일에 거침이 없으면서 자신이 원하는 일은 고집스럽게 밀고 나가서 반드시 이루고 마는 집념이 있다. 예술이나 기술적인 일에 적합하여 집요하게 끝까지 파고들어 자신의 능력을 발휘하게 된다.

45세가 지나면서 눈썹에 흰 털이 생기고 털이 긴 것이 생긴다면 장수하여 오래 살고 이름을 떨칠 일이 생기게 된다. 그러나 건강은 오히려 조심해야 한다. 자신의 능력을 믿어 건강을 해치면서까지 일하기 때문이다.

눈썹에 검은 점이 있으면 영리하고 총명하여 마음씨가 선하다. 그러나 점이 눈썹 머리에 있으면 강한 성격으로 남에게 지기 싫어한다. 나이가 들면서 눈썹이 진해지고 길게 자라면 늦은 나이에도 하는 일에 성공하고 명예를 얻으며 권력을 가지게 되어 풍요로운 삶을 살아가게 된다.

눈썹에 흉이나 주름이 있거나 눈썹이 아주 없는 듯이 엷으면서 어지럽게 자란다면 속임수나 잔머리가 능해 자기 꾀에 자기가 당하여 손해를 볼 수도 있다.

눈썹이 부드럽고 길면 대인관계가 좋고 인기도 많으며 사람들이 귀하게 여긴다. 재물 유동성도 좋고 배우자와 관계도 아주 화목하고 주변에 늘 도와주는 귀인이 많다.

눈썹이 일자면 성격이 외향적이고 인내심과 끈기가 아주 강하여 자신이 목표한 것은 반드시 이루고 마는 집념이 있다.

눈썹을 볼 때 둥근 곡선은 여성적이고 직선으로 곧은 눈썹은 남성적이라 말하나 요즘은 전문직 여성이 많아 일자 눈썹을 가진 여성도 많다. 남다른 승부욕과 성취욕이 강해 자신이 이룬 분야에서 성공한다.

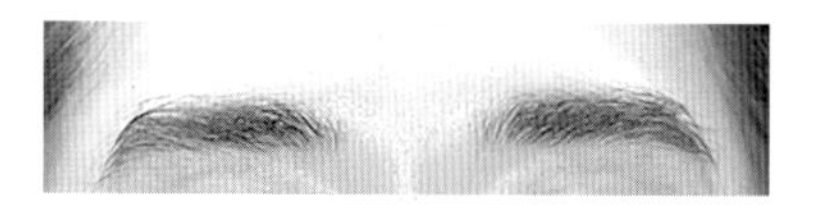

강한 성격의 짙은 눈썹

대인관계가 좋은 눈썹

좋은 눈썹을 가지고 싶다면 좋은 쪽으로 보완하여 좋은 방향으로 변화시킬 수 있다. 눈썹이란 얼굴 중에서 멋진 초목과 같아 눈과 더불어 제일 두드러지게 보여야 한다. 들판의 초목처럼 풍성하고 촉촉하여 메마른 기운이 없어야 한다. 풀잎이 드문드문 난다면 생명이 살아갈 수 없고 황무지와 다름없다.

좋은 눈썹을 가지고 싶다면 엉켜서 흩어진 눈썹을 빗으로 정리하여 주고 흩어진 눈썹은 깔끔하게 정리해주면 된다.

■ 눈

눈은 우리가 사물을 인지하고 보는 아주 중요한 부위이다. 자신의 감성이나 감정, 마음이 드러나 보여 마음의 창이라 한다. 눈은 우리의 얼굴에서 태양과 달을 상징한다. 달과 태양이 세상을 살피는데 오른쪽 눈은 달이고 왼쪽 눈은 태양이다. 달과 태양처럼 빛나는 곳이니 눈은 밝고 뚜렷해야 하고 눈빛은 그윽해야 한다. 눈빛이 너무 강하면 안으로 머물러 있어야 할 빛이 밖으로 드러나서 힘든 일을 겪게 된다.

"몸이 천 냥이면 눈이 구백 냥"이라는 말이 있다. 다른 부위가 잘생겨도 눈이 아름답지 못하면 만사 불성이 되는 것이다. 이목구비나 골격을 성형으로 바꾸어도 절대로 바뀌지 않는 것은 눈빛이다. 눈빛이 강하고 눈동자가 흐릿하면 서클렌즈를 끼는 것도 나쁘지 않다. 맑고 깊이 있는 눈빛을 가진 사람은 오히려 렌즈가 운을 반감한다.

눈의 길이는 3cm에서 3.3cm가 좋다고 하고 긴 눈썹을 좋은 모양이라 말한다. 검은 눈동자는 윤기 있게 검고, 흰자는 선명하고 맑아야 명예와 부귀를 가질 수 있다. 검은 눈동자가 윤이 나고 색이 진하면 영리하고 총명하여 학문이나 학업에서 우수한 성과를 발휘한다. 만약 눈동자가 갈색이나 노란빛을 띠며 밝은 유리알처럼 빛이 나면 타인에게 사랑과 대접받는 연예인에 어울린다.

'와잠'이라고 불리는 눈 밑은 자식을 보는 곳으로 점, 주름, 흉터가 있으면 아이를 제대로 돌보기가 힘들다고 한다. 자녀를 일찍 독립시켜 자녀에 대한 걱정을 줄이고 자녀와 친구처럼 지내는 것이 좋다.

눈꼬리가 위로 향해 있으면 집념이 강하고 인내심이 있어 자신의 목표를 세우고 목표를 반드시 성취해낸다. 만약 눈꼬리가 아래로 향해 있으면 조용한 성격으로 자신의 할 일을 드러내지 않고 묵묵히 한다. 많이 참고 속마음을 밖으로 드러내지 않는다.

눈 옆으로 생기는 주름은 40세 전에는 좋지 않지만 40 이후에는 성공하는 주름이 되니 성형은 한 번쯤 생각해서 하길 바란다.

남자의 왼쪽 눈이 작으면 공처가라 하고 부인의 말을 잘 듣고 행동하고 여자의 오른쪽 눈이 왼쪽보다 작으면 남편의 생활방식 위주로 살아간다. 남좌여우라 남자는 왼쪽이 자신, 오른쪽이 배우자이고 여자는 오른쪽이 자신, 왼쪽이 배우자를 나타낸다.

좋은 눈은 검은자는 검고 흰자는 희면서 반짝반짝 빛이 나고 맑아야 한다. 이러한 눈을 가지면 평생 하는 일이 잘되고 살아가는 데 우환이 없다.

■ 코

코는 얼굴의 중앙에 있으니 자기 자신을 뜻하고 앞으로 나아가는 행동력과 중년의 운을 보는데, 오관으로는 심변관에 해당한다. 재물의 운과 부귀를 볼 수 있고 남자나 여자 모두 배우자의 관계와 복의 유무를 볼 수 있다.

코가 높으면 자기중심적인 성격에 자존심이 강하고 독립적이다. 조직에서 일하기보다는 독립적인 일을 하는 게 좋고 자신이 리더가 되어야 한다. 코가 낮으면 주변의 사람들에게 자신을 낮추며 상대에게 자기를 맞추고 자신의 의견보다 상대의 의견에 맞추게 된다. 리더가 되기보다 참모에 어울리고 서비스직에서 천부적인 재능을 발휘한다.

코가 짧으면 순발력이 있고 재치가 있으며 마음이 어린아이처럼 단순하고 착하다. 뒷심이 약한 편이라 즉각 즉각 하는 일에 타고난 재능이 있다.

코가 너무 높은 사람도 또한 너무 낮은 사람도 배우자와는 재미있게 살지 못한다. 코가 높으면 지기 싫어하고 코가 낮으면 자기표현을 덜 하게 되어 배우자와의 거리가 좁혀지지 않는 것이다.

코가 시작되는 곳이 산근인데, 산근은 건강을 보는 자리이고 건강을 좌지우지한다. 코의 중앙 부분은 일과 건강의 성패 유무를 보고 준두인 코끝은 콧방울과 더불어서 재물을 담당하는 재물창고로 금전의 크기를 본다.

콧방울 양옆으로 법령이 자리하고 있는데 흔히 얘기하는 팔자주름을 말한다. 주름이 깊이 있고 입 가까이 있으면 성격이 내성적이며 예민한 신경을 가진다. 법령이 있다면 자신의 분야에서 전문성을 지닌 직업을 가지고 나이가 들어서도 일한다.

법령 쪽에 두툼하게 살이 있으면 미관상 좋아 보이지 않으나 부동

산과 숨겨놓은 재산이 많이 있게 된다.

팔자주름이 있으면 나이 들어 보인다고 하여 주름을 없애는 경우가 있는데 그것은 노년에 금전적인 어려움을 겪을 수 있으니 한 번쯤 생각해보길 바란다.

코끝이 둥글면서 콧구멍이 보이지 않아야 하고 두툼하면서 균형이 맞아야 부귀를 가질 수 있다. 얼굴에는 수명을 보는 곳이 여러 곳 있는데, 코에서도 수명을 볼 수 있다. 코뼈 중앙 쪽이 함몰되고 코의 굴곡이 계단처럼 있다면 건강에 유의하여야 하고 돈의 낭비도 심하게 된다. 코는 단단하고 곧으면 건강하고 오래 살고 성격도 반듯하여 자존감도 있다.

코끝이 살이 두툼하면 성격이 온순하고 남을 배려하는 마음이 있다. 코끝이 날카로운 사람은 예민하고 깔끔한 성격이라 남에게 폐 끼치는 일을 하지 않는 담백한 사람이다. 코에 점이 있다면 하는 일이 한 번씩 막힘이 있고 돈의 흐름이 원활하지 않다. 만약 코가 휘어지고 뼈마디가 불거졌다면 건강을 챙겨야 한다.

콧구멍이 안 보이고 코가 우뚝 솟고 콧방울에 살집이 두툼하여 코의 비율과 균형이 맞으면 아주 좋은 코이다. 금전과 명예, 배우자의 복도 있다.

콧대가 높으면 자존심이 세고 남에게 지기 싫어하는 경향이 있어 남을 무시하기도 한다. 코는 자신을 뜻하고 얼굴에서 정중앙에 위치하여 임금인 자리에 있기에 코가 높을수록 자기중심적인 사람이 된다.

코는 삼정에서 중정에 해당하여 중년의 삶을 담당한다. 또한 재물을 보기에 재백궁이라 한다. 재물운을 키워 돈복이 많은 사람이 되고 싶다면 큰 소리로 자주 웃어주면 좋다. 항상 반듯하고 좋은 말, 긍정적인 생각을 가지고 얼굴에 미소가 떠나지 않으면 나도 모르게 아름다운 얼굴을 가지게 된다. 습관적인 아름다운 미소는 재물운을 좋게 한다.

부자의 관상! 재물운이 좋은 코

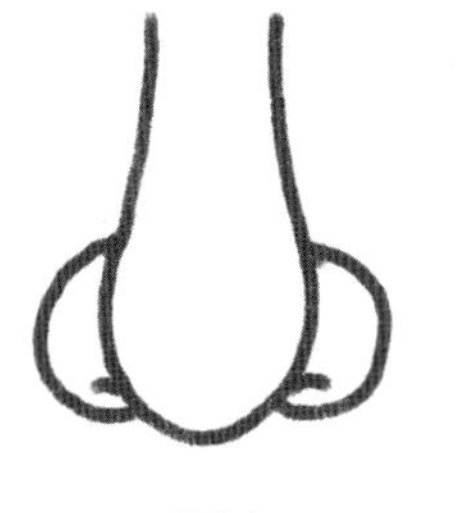
현담비

절통비

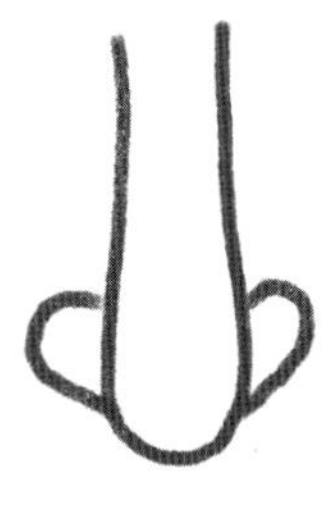
화살코

■ 입

입은 음식물을 섭취하고 생각이 밖으로 나가는 출구이다. 입을 보면 대체로 일상의 태도와 언변 능력 등을 알 수 있다. 입이 힘 있고 기운이 좋으면 남을 설득하는 카리스마를 지닌다.

바른말 옳은 말은 상이 있고 올바르지 않고 거친 말은 구설이 생긴다는 옛말이 있다. 입은 말로 덕을 쌓기도 하지만 구설이 생겨서 문제를 발생시키기도 한다. 또한 입은 먹을 복을 보고 애정과 말의 구사 능력을 본다. 혀는 날카로운 칼날과 같고 입술은 그런 칼날을 지키는 칼집이다. 말을 함부로 하면 칼날이 춤추는 것과 같아 사람을 상하게 하는 도구가 된다.

입은 크기와 무관하게 아래위 입술의 균형이 맞고 입술이 살짝 도톰해야 한다. 입술의 양 끝을 구각이라 하는데 구각이 위로 향하여 올라가 있으면 자신이 세운 목표를 반드시 성취하고 자신이 원하는 직위를 가지게 되고 재물이 차곡차곡 쌓아져 부를 이룬다. 구각이 아래를 향하면 말에 힘이 없고 말끝이 약하고 흐리며 일의 마무리가 약하게 된다. 그러니 언변 능력을 키우고 말의 시작과 끝을 힘 있게 하여 일의 마무리가 잘되고 내 것을 챙기는 사람이 되자.

입이 크면 솔직하고 담대하여 능동적이며 적극적으로 자신을 표현한다. 입술이 두툼하면 자기표현이 좋고 따뜻한 성격으로 정이 많아 사람들이 따르고 좋아한다.

입이 작으면 소심하고 내성적인 성격으로 자기표현을 쉽게 하지 않는다. 입술이 얇으면 지극히 이성적이고 냉철하여 사물을 비판하는 능력이 탁월하고 예리하며 날카롭고 지적이다. 평론가와 법조계 언론인들은 대체로 입술이 얇다.

명MC인 유재석은 입이 튀어나왔다. 과거에는 입이 튀어나오면 외롭다고 하였는데, 현대는 자기표현에 능하고 말을 잘하여 강단이 있으므로 말하는 직업을 가지게 되면 인기를 가진다. 입이나 입술에 점이 있으면 이성에게 인기가 있고 먹을 복이 많은 사람이다.

입술은 붉고 촉촉하게 윤기가 있어야 좋은 입이다. 입술이 푸른색이 생기면 재산의 문제가 발생하고 아이로 인한 근심이 생기게 된다. 또한 입술빛이 하얗게 되면 건강에 문제가 생기니 늘 입술의 색을 밝게 만들자.

입은 자기표현을 한다. 긍정적인 말과 부드러운 자기 표현력, 먹을 복과 애정까지 보는 곳으로 말년의 운을 알 수 있다. 따뜻한 말과 부드러운 말로 주변을 대하자. 내 주변으로 구름처럼 좋은 사람들이 올 것이라 노년이 아름답고 외롭지 않게 된다.

자주 웃어주고 배려하여서 구각이 쳐지지 않도록 하자. 노년의 가장 무서운 일은 입술 끝이 아래로 쳐지는 것이다. 입술 끝이 쳐지면 불만이 없어도 불만스러워 보여 주변의 좋은 사람이 떠나가고 쓸쓸한 노년의 삶이 된다.

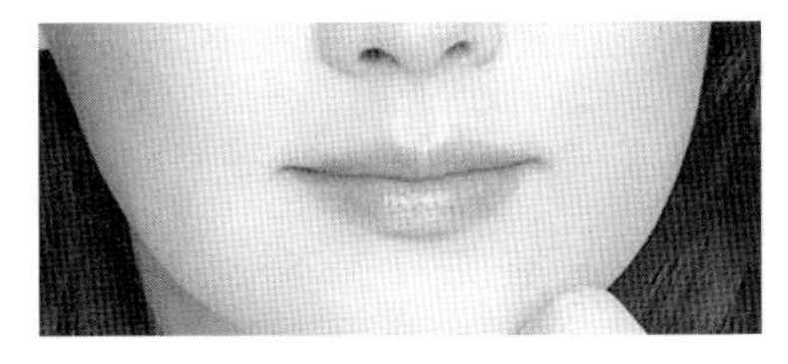
얇고 지적인 입술

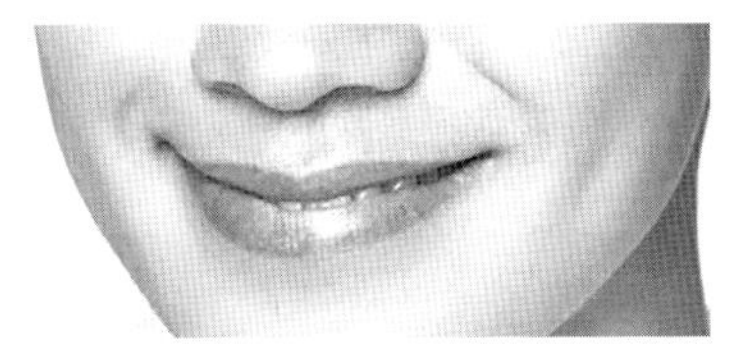
올라간 입꼬리

마음의 상이 인상보다 좋아야 한다. 아무리 인상이 좋아도 마음의 상이 좋지 아니하면 그 마음이 얼굴에 드러나게 된다. 우리의 마음속엔 좋은 마음과 나쁜 마음이 공존하고 있다. 우리가 어떤 인상을 만들어 갈지는 우리의 마음 안에 있다. 마음먹기에 따라 좋은 인상이 될 수도 있고 나쁜 인상이 될 수도 있다. 따뜻한 말 한마디가 우리의 삶을 바꾼다. 가장 좋은 방법은 웃는 얼굴로 따뜻한 말 한마디를 건네는 것이다.

제7장

4차산업혁명 시대 변화 트렌드

조남숙

조남숙

라이프 에듀케이션 강사
에듀라이프협회 강사
연세대 미래교육원 출강

'4차산업혁명'의 최초 논의는 2016년 다보스 포럼에서 클라우스 슈밥의 책에서부터 시작되었다.

제4차 산업혁명은 제3차 산업혁명의 연장선이라고 이해하고 있지만 급격히 변화하는 제4차 산업혁명은 기하급수적인 속도가 전개 중이고 그 깊이가 넓으며 시스템 면에서도 산업 전체의 변화를 수반한다.

올해 2024년을 기준으로 벌써 8년이나 세월이 흘러 현격하게 많은 변화와 강력한 기술에 직면하고 있다.

■ 제4차 산업의 역사적 의의

제1차 산업혁명은 18세기 증기기관의 발명을 근거로 인간의 노동력을 기반으로 하는 농경생활에서 기계의 힘으로 옮겨 가는 엄청난 변화였다. 제2차 산업혁명은 19-20세기 전기와 내연기관이 있었고 제3차 산업혁명은 20세기 후반 반도체와 컴퓨터, 인터넷의 발달을 들 수 있다.

제3차 산업혁명에 이어 현격하게 높은 변화를 보여주는 제4차 산업혁명은 21세기의 디지털혁명을 기반으로 IoT, 인공지능 로봇, 3D프린팅, AR/VR과 함께 AI 기술을 핵심 동인으로 상품, 서비스의 생산, 유통, 소비 전 과정에서 모든 것이 연결되고 지능화되었다.

2016년 클라우스 슈밥은 〈제4차 산업혁명〉에서는 '세계인구의 17%가 아직 제2차 산업 혁명을 경험하지 못한 상태이고 전기를 사용하지 못하는 실정이지만 제4차 산업혁명은 모든 면에서 강력하고 엄청난 영향력을 행사하며 역사적으로 큰 의미를 지니게 된다'라고 했다.

■ 제4차 산업혁명을 이끄는 기술

제4차 산업혁명은 인류에게 엄청난 혜택을 제공하는 한편 그에 상응하는 과제도 안겨줄 것이다. 이처럼 혁신과 파괴는 우리 삶의 질과 복지에 긍정적, 부정적 영향을 모두 끼친다. 진행 속도와 그 범위는 의외로 수많은 분야의 발견이 끊임없이 융합하고 변화를 이루는 독특한 습성을 지니고 있다

택시를 부르거나 항공편을 검색하고 물건을 구매하며 가격을 지불하고 음악과 영화를 감상하는 모든 일이 이제는 원격으로 가능하다. 소비자가 누리게 될 과학기술의 혜택에 반박의 여지는 없다. 인터넷과 스마트폰, 수많은 앱을 통해 더욱 간편하고 생산적인 생활이 가능

해졌다.

오늘날 책을 읽거나 정보를 검색하고 타인과 소통하는 데 쓰이는 태블릿과 같은 간단한 기기의 능력은 30년 전 데스크톱 5,000개의 처리 능력과 맞먹지만, 정보 저장비용은 무상에 가깝다.

■ 제4차 산업혁명을 이끄는 기술

1) 물리학 기술

물리학 기술로는 자율주행 자동차, 드론, 트럭, 항공, 보트 등을 포함한 다양한 무인 운송 수단을 꼽을 수 있다. 드론은 전력선 점검이나 교전 지역에 의료 물품을 전달하는 업무 등을 수행할 수 있을 것이라고 2016년에 언급되었는데, 8년이 지난 오늘에는 실제로 사용이 되고 있다. 또한 농업 분야에서는 데이터 분석 능력을 장착한 드론이 물과 비료 농약을 정밀하고 효율적으로 농사를 진행되고 있다.

물리학 기술 중 3D프린팅은 입체적으로 형성된 3D 디지털 설계도와 모델에 원료를 층층이 겹쳐 쌓아 유형의 물체를 만드는 기술이다. 이 3D프린팅 기술로 2층집을 짓는 영상을 쉽게 찾아볼 수 있고, 2021년 두바이에 건설된 최대 규모의 3D프린팅 건축물 사진을 볼 수 있다.

2) 디지털 기술

사물인터넷(Internet of Things)은 원격 모니터링 기술로 전자태

그를 부착시켜 공급망에 따라 이동할 때마다 위치 및 추적하는 혁신적인 기술이다.

만보 걷기 앱을 사용하여 걸음을 걸을 때마다 그 숫자를 기록하고 의료 앱으로 심장박동수와 혈압 등을 점검하여 위험한 수준에 이르면 자동적으로 앰뷸런스를 부르고 가족 등에게도 알려 사전에 생명의 위험을 방지하는 것이다.

3) 생물학적 기술

DNA 데이터로 유기체를 제작할 수가 있다. 심장병, 암과 같은 수많은 난치병은 유전적 요소가 있는데 인간의 유전자 구성을 밝히는 데 효율적이고 비용 대비 효과가 큰 방법이 발견됨에 따라 효과적인 개인 맞춤형 헬스케어가 가능해졌다.

치매 환자를 위해 AI(인공지능)에 기반을 두고 개발된 앱은 문장을 제시한 뒤, 사용자가 이를 따라 읽는 음성을 AI딥러닝 알고리즘으로 분석해서 치매 여부를 진단한다. 치매 환자들의 목소리는 음역의 폭, 진동, 말소리 간격에서 일반인과 다른 특징이 있다는 데서 착안하여 만들어진 시스템도 있다.

■ 제4차 산업혁명의 패러다임

사물인터넷의 전문가인 강명구 교수는 기존 산업혁명이 낳은 그림

자인 획일화, 중앙집중, 폐쇄성에 대한 반발을 반영해 개선하려는 것이 4차산업이라고 한다. 대량생산에서 개인의 개성과 기호를 우선하여 개인에게 맞춤 서비스를 제공하고 획일화, 중앙집중적이면서 폐쇄적 운영이 적용되던 각종 사회의 시스템도 맞춤, 분권, 개방이라는 새로운 패러다임의 방향으로 나아가 변화하여 가정, 직장, 도시 등 모든 이에게 적용될 것이다.

또한 기술적인 분야에서 제4차 산업혁명은 AI기술을 핵심 동인으로 상품, 서비스의 생산, 유통, 소비 전 과정에서 모든 것이 연결되고 지능화되었다.

■ 4차산업혁명의 핵심기술

1) 사물 인터넷

사물인터넷(Internet of Things)은 센서가 부착된 사물을 연결해 데이터를 사람의 개입 없이 인터넷으로 주고받는 기술을 말하는데, 예를 든다면 식품을 보관하는 단순한 기능의 냉장고에 스마트폰으로 메뉴를 입력만 해도 그 메뉴의 자재를 사람의 개입 없이 센서로 구매도 하고 그 메뉴의 레시피도 알려주는 역할을 하기도 한다.

그리고 loT기술은 Smart home, Smart farm, Smart factory, Smart city 등 다양한 산업과 접목되어 유망한 직업으로 선택되고 있다. 특히 Smart farm은 은퇴 후 인생 제2막을 즐기는 직업으로 인기를 끌고 있는데 이 농장은 온도와 습도 조절 등 모든 과정을 자동화시켜 많은 시간을 들일 필요 없이 거액의 수익을 내는 사례도 찾아볼 수 있다.

스마트홈(smart home)은 안면인식으로 도어락 역할도 하고 집에 미니 스마트팜(mini smart farm)을 설치하여 집에서 손쉽게 수중 유기재배로 깨끗하고 건강한 채소를 재배할 수 있다.

사물인터넷 IoT기술과 다양한 쇼핑시스템으로 현재 백화점에서 판매되고 있는 의류 제품을 집에서도 즐길 수 있고 그 옷감의 감촉마저도 느낄 수가 있다고 한다. 드론으로 커피를 배달하며, 농촌에서는 드론을 사용해 넓은 평야에 농약을 뿌리는 장면을 직접 본다면 제4차 산업의 위력을 저절로 실감할 것이다.

홀로그램 프로그램으로 회의뿐만 아니라 자택근무도 가능하다. 특히 의료시스템 앱은 병원에 가지 않아도 원격으로 건강상태 상담이 가능하기도 하다.

Smart factory는 로봇을 활용한 자동화 공정이다. 많은 인원을 필요로 하는 공장 대신 자동화를 통해 인건비, 시간, 원가를 절감할 수 있다. 예를 들어 50만 켤레 운동화를 생산하기 위해서는 600명 이상의 인원이 필요하지만 Smart factory에서는 기계를 점검할 상주 인력 10명만으로도 생산이 가능하다.

IoT 빅데이터와 비즈니스의 관계는 재고관리도 용이하고 소비패턴을 사전에 파악하게 해주며 상품의 재배치 및 위치 안내에 의한 매출

증가를 가져오고 쇼핑 리스트를 연계해서 매장 간 재고관리에 도움을 준다.

2) 인공지능 로봇

로봇은 인간의 재산이자 생활필수품, 친구, 교사, 가족이 될 것이다. 지금도 순식간에 그림이나 음악을 만드는 등, AI의 능력은 무서울 정도로 발전하고 있다. 가까운 미래에는 AI가 인간의 감정을 이해할 것이라고도 한다.

인공지능 AI 로봇 '소피아'는 2017년 10월 사우디아라비아에서 최초로 로봇으로서 시민권을 발급받고, 같은 달 유엔 경제사회이사회(ECOSOC)에 패널로 등장하기도 하였다.

로봇 '소피아'는 머리 부문이 투명한 플라스틱으로 되어 있는데, 전기회로가 보이도록 한 것은 가발까지 씌우면 인간과 구분이 어려워 일부러 머리를 드러내었다고 한다. 62가지의 감정을 얼굴로 표현할 수가 있고 실시간으로 인간과 대화가 가능하기도 하다. 지금까지 개발된 로봇 중 사람과 가장 유사하고, 심층 학습 능력이 있어 사람과 대화할수록 더 수준 높은 문장을 구사하기도 한다. 홍콩에 지사를 둔 핸슨로보틱스가 개발한 이 인공지능 로봇은 자기인식과 상상력을 갖는 등 인간 수준으로 진화시키겠다는 목표로 제작되었다고 한다.

최첨단 인간 로봇으로 유명한 '아메카'는 대화 시 사람의 표정을 읽고 반응할 수 있다. 또한 인간의 최악의 상태를 묻는 질문에 로봇이 너무 강력해져서 인간을 통제하고 조정하는 상황이 온다고 답변하기도 했다.

이 '아메카'는 챗GPT 3과 4를 학습해서 여러 언어를 구사하고 창작 능력도 있으며 인간과 함께 행동할 수 있는 것을 전제로 인간사회에 합류하는 것을 목표로 두고 있다.

3) 3D 프린팅으로 만든 건축물

두바이에 2021년 건설된 최대 규모의 3D 프린팅 건축물이 아름다운 곡선을 드러내고 있다. 이 3D 프린팅 건축은 속도도 빠르고 필요 인원도 적고, 원가 절감 또한 우수하다.

특히 의료 부문의 3D 프린팅의 기술은 동물을 대상으로 실험이 이루어졌는데, 노화되거나 망가진 인간의 장기를 만들어낸 뒤 교체하는 방식으로 수명을 연장시키는 데 기여한다.

베리칩(verichip)은 생체 조직 내에 투여하는 손톱보다 작은 마이크로칩이다. 주로 신원이나 정보를 확인하는데, 외부적으로는 근거리 무선 통신 기술을 활용하여 신용카드나 교통카드 등을 대신하여 사용할 수도 있다.

미국의 한 기업에서는 업무 효율을 위해 희망 직원 50명에게 엄지와 검지 사이에 칩을 삽입하여 출퇴근 등 업무를 편리하게 하고, 스웨덴에서는 2만 명에게 베리칩을 몸에 심어 "반은 인간, 반은 걸어 다니는 신용카드"라고 매스컴에서 말하고 있다. 한편으로는 여러 가지 해킹 등 부작용도 뒤따르고 있다.

■ 나노봇(Nanobots)

인간의 뇌에 이식되고 인간의 뇌를 클라우드에 연결하고 생각이나 기억을 저장할 수 있고 인간의 논리적 지능과 감성 지능을 확대하기도 한다.

2016년 제4차 산업혁명의 책에서 언급한 내용에는 미래 혁신산업 분석기관인 "WT VOX의 기사에 다음과 같은 내용이 실렸다.

"안테나가 장착된 컴퓨터 여러 대의 집합으로 각 컴퓨터의 크기가 모래 한 알보다 작은 스마트 더스트는 인간의 신체 내에서 뭉쳐져 복잡한 내부 과정을 처리하는 데 필요한 만큼의 네트워크 상태로 스스로를 구조화한다. 이 더스트 뭉치가 초기 암세포를 제압하고, 상처의 통증을 완화시키며 중요한 개인정보를 암호화하여 해킹하기 어렵게 저장해준다고 상상해보자. 스마트 더스트를 활용하면 의사는 환자의 몸을 개복하지 않고도 수술할 수 있고, 개인의 나노 네트워크로 암호를 풀지 않는 이상, 정보는 우리의 몸 안에 암호화되어 저장된다."

2024년 오늘 우리의 현실은 어떻게 변화되었는지 알아보자.

■ AR 증강현실 미술관

세계 유명 미술관을 가지 않아도 미술관 70군데를 방문하는 것과 같이 앱을 통해 작품을 확대하여 감상하고 360도로 돌려가면서 작품 감상이 가능케 하는 것이 증강현실 미술관이다

■ 자율주행 자동차

지능형 자율주행 기술의 5단계

1단계: AI가 운전대 혹은 속도 조절 가능

2단계: AI가 운전대와 속도를 동시 조절 가능

3단계: 비상시에만 운전자가 운전, 특정구간만 자동운행이 가능

4단계: 비상시에도 자동운전 가능

5단계: 운전자 없이 완전 자율 주행 가능

현재는 레벨 3단계 기술의 시대로, 자율주행 구간에서는 운전 중 스마트폰을 보는 것이 가능하다. 자율주행의 단계가 높아질수록 해마다 인명을 앗아가는 교통사고가 현저히 줄어들 것이다. 또한 교통

체증으로 시간을 허비하는 일도 줄어들 수 있다. 하지만 만약 사고가 발생했을 경우 누구에게 책임을 물을 것인지는 아직 의문으로 남아 있다.

2016년 〈제4차 산업혁명〉 책에서는 2015년 테슬라는 지난 몇 년간 미국에서 팔린 자동차를 소프트웨어 업데이트로 반자동화시켰고 구글은 2020년 자율주행 자동차를 상용화할 계획임을 밝혔다. 2015년 여름, 두 명의 해커가 자동차의 모든 엔터테인먼트 시스템에 접근해 주행 중인 자율주행 자동차의 대시보드 기능과 핸들, 브레이크 등을 해킹할 수 있음을 보여줬다. 네바다주(State of Nevada)는 2012년 미국에서 처음으로 자율주행 자동차의 운행을 허용하는 법률을 통과시켰다고 적혀 있다.

4차산업혁명이 가져올 미래 사회에선 '소유'라는 개념이 중심이 되었던 기존 사회경제의 기본질서가 '접속'과 '공유'를 기반으로 하는 공유경제와 공유사회로 대체될 것이다. 긍정적인 면에서는 렌탈, 카세어링 등 굳이 물건을 소유하지 않아도 필요할 때 언제나 편리하게 사용하고 돌려주는 형식을 활용해, 소유함으로써 오는 불편함을 해소해준다.

대표적인 예로, 가장 큰 소매기업이지만 단 하나의 매장도 소유하지 않는 아마존, 가장 큰 숙박시설 제공업체이지만 단 한 채의 호텔도 소유하지 않은 에어비엔비, 가장 큰 운송업체이지만 단 한 대의 차량도 소유하지 않은 우버와 같은 업체를 통해 이 공유의 특징이 잘 반영되어 있음을 알 수 있다.

부정적인 면은 변화의 과정에서 이해 당사자 간 사회적 갈등이 발생 또는 가치관의 혼란이 야기되기도 한다. 공유경제라는 잠재적 회색경제의 규모를 측정할 수 있는 능력이 저하된다. 즉 악착같이 자산을 이용하려는 목적으로 저축할 필요가 줄어드는 부정적 효과가 있기도 하다.

■ 제4차산업혁명 시대 행복한 삶 설계

4차산업 시대, 즉 AI시대의 인기 미래직업 15가지

1. 로봇제작자 및 서비스매니저
2. 원자재 관리자
3. 빅데이터 및 AI 과학자
4. 인공신체기구 제작자
5. e-스포츠
6. 정신과 의사 및 치료사

7. 유전자 디자이너

8. 가상공간 디자이너

9. 사이버보안 개인데이터 중개자

10. 엔터테인먼트

11. 부동산 개발업자

12. 생화학 및 기술 엔지니어

13. 부유층 관리서비스

14. 노인케어 생애마감 관리사

15. 소규모 비즈니스 서비스직

AI로 인해 감소 및 사라질 직업 15가지

1. 운전기사

2. 농부

3. 인쇄소 직원

4. 계산원

5. 여행사 직원

6. 생산직

7. 운행관리원(열차, 비행기)

8. 대기테이블관리, 바텐더

9. 은행 창구직원

10. 군인 및 군 파일럿

11. 패스트푸드 직원

12, 텔러마케터

13. 회계사, 세무사

14. 주식거래원

15. 건설노동자

미래는 공유경제와 공유사회라는 개념 안에서 접속과 공유를 기반으로 움직일 것이다. 렌탈, 카세어링 등 소유에서 벗어나 언제든 편리하게 빌려서 사용이 가능하다. 하지만 이 변화의 과정에서 이해당사자 간 사회 갈등과 가치관의 혼란이 생길 수도 있다. 그럼에도 우리는 모두에게 이득이 되는 방향으로 미래를 설계해 나가야만 한다. 클라우스 슈밥의 〈제4차 산업혁명〉에서 보여주는 강력한 메시지는 사회 모든 분야에 걸쳐 인식과 이해를 높여야 한다는 것이다.

우리나라 인구 10명당 2명은 65세 이상인 어르신들이다. 이 중 20%인 167만 명은 홀로 사는 독거노인이고, 노인 중 월평균 소득의 절반이 안 되는 빈곤층이 43.4%에 달한다. 이런 노인일수록 디지털 기기를 활용하지 못해 추가로 부담하는 비용, 즉 노인세를 더 많이 내는 실정이다.

공동의 이해를 기반으로 나아가기 위해서는 긍정적이고 포괄적인 공동의 담론을 발전시켜야 한다. 향상된 인식과 공동의 담론을 바탕으로 제4차 산업혁명이 지속적으로 가져다줄 기회를 최대한 활용하기 위해 경제적, 사회적, 정치적 시스템을 개편해야 한다. 또한 4차산업혁명 시대 AI 등으로 생활이 무척 편리해졌지만 인간의 가치가 하락하지는 않았는지 다시 한번 생각해보고 휴머니즘을 갖는 것이 중요하다.

인간을 최우선으로 여겨야 한다. 인간에게 힘을 실어주는 새로운 과학기술은 결국 사람에 의해, 사람을 위해 만들어진 도구라는 것을 기억하고 모두를 위해서 미래를 함께 만들어 나가야 한다. 8년 전 2016년에 다보스 포럼에서 〈제4차 산업혁명〉의 저자 클라우스 슈밥(Klaus Schwab)이 언급한 내용이기도 하다.

제8장

마음 회복 프로젝트

이형아

이형아

라이프 에듀케이션 강사
에듀라이프협회 강사
연세대 미래교육원 출강

인생을 살다 보면 즐거운 일도 있지만 때로는 스트레스받는 상황도 발생한다.

살아가면서 스트레스 관리를 어떻게 하느냐에 따라 인생이 많이 달라진다. 스트레스를 잘 관리하면 삶의 활력을 가지고 앞으로 나아갈 수 있는 힘이 생기지만 스트레스가 계속 쌓이다 보면 무기력해지고 삶의 의미도 무의미해진다.

우리는 순간순간 마인드 컨트롤이 필요하다. 명상이나 요가, 여행 등을 통해 마인드 컨트롤을 할 수 있다.

삶 속에서 나만의 치유방법은 반드시 필요하다. 운동이나 음악감상, 편안한 친구와의 대화 등 힐링 방법에는 여러 가지 있다.

마음의 날씨는 매일 다르다. 자연의 날씨가 매일 다르듯 마음의 날씨가 맑을 때도 있고 흐릴 때도 있고 비가 많이 내리는 날도 있다. 맑은 날씨를 유지하기 위해 긍정적 마인드가 필요하다.

■ 마인드 컨트롤 방법

1. 산책하기

산책은 일상에 활력을 주고 스트레스도 풀어준다. 피톤치드로 기분이 맑아지는 느낌이 든다. 집 근처 가까운 곳을 매일 산책하는 것으로 루틴을 만들어 보자.

사계절마다 다른 느낌의 자연은 힐링 그 자체다. 봄이 되면 개나리, 진달래, 목련, 벚꽃이 피어 마음까지 밝아진다. 여름에는 힘차게 울리는 매미 소리에 어렸을 적 생각도 나고 정감이 간다. 가을이 되면 울긋불긋 산이 아름답게 물들어 있다. 겨울에는 차가운 공기 속에 신선함이 있고 눈이 오면 설경이 너무 멋지다. 우리나라는 사계절이 있어 지루할 틈이 없다.

매일 산책하면 마음에 자신감이 생기면서 뭐든지 다 잘해낼 수 있는 힘이 생긴다. 산책을 할 때 음악을 들으며 하는 것보다 그냥 걷는 것이 훨씬 좋다. 그 이유는 자연의 소리를 들으며 걸을 수 있기 때문이다. 풀 벌레 소리, 바람 소리, 낙엽이 날리는 소리, 새들의 노랫소리는 몸과 마음을 편안하게 한다.

2. 차 마시기

우리는 복잡한 대인 관계에서 스트레스를 받는 경우가 많다. 그렇기 때문에 나 혼자만의 사색의 시간이 필요하다.

조용한 나만의 공간에서 차를 마시며 음악을 들으면 스트레스가 싹 풀리는 느낌이 든다. 허브차를 통해 몸이 따뜻해지고 향과 맛을 느끼며 오롯이 나만의 시간을 즐길 수 있다.

머리가 복잡한 일들로 가득하다면 조용한 공간에서 내가 좋아하는 음악을 틀어놓자. 클래식이 아니어도 좋다. 내가 좋아하는 장르의 음악을 들으며 힐링이 되면 된다.

나만의 사색의 시간을 즐겨보자. 일의 실마리가 풀리고 아이디어가 떠오를 것이다.

때로는 공원 벤치에서 자연을 보며 텀블러에 담아온 차를 마시는 것도 운치가 있다. 세상에 부러울 것 없는 상태가 된다. 가슴이 탁 트이는 느낌이 든다.

3. 여행하기

버킷리스트 통계 1위가 여행이다. 그만큼 많은 사람들이 여행하길 원하나 시간과 비용 등 여러 가지 상황으로 자주 못 가기 때문에 여행 가는 것을 늘 마음에 품는다.

여행은 힐링할 수 있는 좋은 방법이다. 여행 가기 전에 마음이 더욱 설렌다. 캐리어에 짐을 싸면서 부푼 마음을 가득 안고 여행지에 가면 복잡했던 마음도 훅 날아가 버리는 것 같다. 아무리 바쁘더라도 1년에 최소 2번 정도의 여행 계획을 잡아 놓고 일을 하다 보면 일이 더욱 활기차게 진행된다. 여행이라는 보상이 나를 기다리고 있으니까.

여행은 누구와 가느냐에 따라 느낌이 달라진다. 사람들은 가족, 친구, 모임 등 여행을 가는 그룹 중 친한 친구들과의 여행을 선호하는 편이다.

4. 책 읽기

어린 시절 마을에 있던 작은 도서관이 지금의 나를 만들었다고 말하는 빌게이츠처럼 책을 통해 지혜가 생기고 삶의 방향성을 잡을 수

있다.

힘든 시기일수록 나의 내공을 쌓기 위해선 책 읽기가 필요한데, 매스컴에서 어느 분이 인생에서 가장 힘들었던 시기에 천 권의 책을 읽고 인생이 급성장한 사례를 접했었다. 그만큼 책은 나의 멘토가 될 수 있고 나에게 새로운 인생을 선사한다. 교보문고 신용호 회장은 "책은 사람을 만들고 사람은 책을 만든다"고 하였다.

아무리 힘든 일이 있더라도 '이 또한 지나가리니.' 하는 마음의 여유도 생긴다.

빌게이츠는 1년에 2주 '생각 주간'을 정해서 2주 동안은 일을 하지 않고 자유로운 사색의 시간을 갖는다. 이 사색의 이야기를 접하고, 나도 올해 초 2주간 힐링의 시간을 보냈다. 그 기간 동안 몸과 마음이 상당히 건강해졌다.

바쁘게 사는 삶 속에서 쉼의 시간이 반드시 필요하다.

내년 1월에도 2주간 힐링 주간을 가질 예정이다. 에너지 재충전의 시간이 될 것이다.

■ 감정을 다스리는 3가지 방법

1. 3초 생각 후 초고의 자아 꺼내기

메타 모먼트(Meta Moment), 일시 정지를 통해 감정을 전환하고 잠시 멈출 여유를 갖는 행위를 가짐으로 순간의 실수를 막을 수 있다. 지인 중에 화가 치밀어 오르면 일단 심호흡을 하고 숫자를 센다고 하는데, 참 현명한 방법이다. 숨을 고르면서 속으로 '나는 따뜻하지만 강단 있는 사람이야'라고 생각해보자.

2. 긍정적으로 생각하기

긍정적으로 생각하는 습관은 우리 몸에 옥시토신 호르몬을 분비시킨다. 옥시토신은 기분과 감정에 긍정적인 영향을 미치는 행복 호르몬이다.

이제까지 잘해왔고 나는 잘될 거야!
이제까지 잘해왔고 나는 할 수 있어!

매일 아침 긍정적 자기암시로 하루를 시작한다면 인생이 긍정적으로 바뀔 것이다. 부정적인 생각이 태도가 되지 않도록 하는 것에 유의해야 한다. 불친절한 점원을 대하더라고 불쾌하다는 생각보다는 '일이 힘든가 보네' 하는 생각의 전환이 필요하다.

귀인 편향은 타인의 신호나 행동을 자신의 감정 상대에 잘못 귀속하여 편향된 의견을 내놓는 것을 말한다. 펀(fun)경영은 즐겁지 않으면 창의력이 나오지 않는다는 것으로 긍정적 정서와 행복감은 생각의 폭을 넓고 깊어지게 하여 풍부한 창의력과 상상력을 발휘할 수 있게 한다.

구글의 펀(fun)경영

- 20% 법칙
  업무시간의 20%를 여가에 투자하는 것
- 창의성 넘치는 근무환경
  자율적 업무환경은 자유로운 의견을 교환하게 한다.
- 실패를 인정해주는 조직문화

3. 마음 챙김 호흡

깊게 심호흡을 하면 마음이 편안해지는 것을 느낄 수 있다.

- 가슴을 펴고 바르게 앉은 다음 마음을 편안히 가진다.
- 눈을 지그시 감고 모든 느낌과 감정을 호흡에 집중한다.
- 온몸이 긴장을 풀고 파란 하늘을 머리에 떠올리며 깊게 숨을 들이마시고 내쉰다.

■ 뇌과학 관점에서 감정 조절하는 방법

편도체는 뇌의 어떤 영역들보다 가장 빠르게 반응하는 영역이다(생각과 행동 집행). 전두피질은 감정을 진정시키고 절제하게 만드는 능력을 가지고 있다. 전두엽을 활성화시키면 내가 계획하고 목표한 것을 성공적으로 이룰 수 있는 가능성이 높아진다.

■ 전두엽을 활성화시키는 방법

1. 일기 쓰기

감정을 언어로 표현하는 방법이다. 하루 일상을 언어로 기록하면 그날의 감정들을 알아차릴 수 있다. 또한 전두엽 활성과 감정조절에 도움이 된다. 특히 감사일기 쓰기를 하면 세상을 바라보는 눈이 긍정적으로 바뀐다. 그리고 대인관계가 좋아지는데 감사하는 마음에서 화해와 용서가 생기기 때문이다.

감사하는 마음은 조직의 팀워크를 향상시킨다. 감사와 행복에 집중할 때 도파민이 분비되어 행복감과 즐거움이 생기고 뇌의 학습기능이 활성화되어 창의성이 생긴다. 열정적인 상태를 유지시켜준다. (로버트 마우어 교수 UCLA의대 행동과학과)

감사하는 마음을 가질 때 심장박동수가 제일 안정적이다. 감사일기를 3주간 쓰면 스스로 긍정적으로 변해가는 것을 느낄 수 있고 3개월간 쓰면 주위 사람들도 당신이 긍정적으로 바뀐 것을 알게 될 것이다.

감사하는 마음

- 자존감을 높여준다
- 목표를 더 쉽게 달성하게 한다
- 신체적 건강에 도움이 된다

(Emmons 교수 79개 논문 분석)

감사가 뇌를 바꾼다

감사운동가이자 영화감독 헤일리 바톨로뮤는 플라로이드 사진을 통해 일상의 감사를 표현하는 사람이다. 감사운동을 시작했던 2008년 그녀는 삶의 막다른 골목에 놓여 있었다. 정말 우울하고 힘든 때, 매일 감사하는 연습을 해보라고 어떤 고마운 분이 조언을 해줬다. 헤일리 바톨로뮤는 시각적인 표현을 좋아해서 매일 사진으로 감사를 표현하기로 했다. 감사와 함께 그녀는 삶의 의미를 찾아갔다. 많은 사람들이 그녀에게 영향을 받았다.

감사운동가이며 화가인 로리포트카는 감사 프로젝트를 실시했다. 감사하는 삶을 살고 싶었기 때문이다. 감사를 통해 이웃의 소중함을 눈뜬 로리포트카는 이웃 한 사람 한 사람의 삶을 그림에 담았다.

감사의 마음을 담은 전시회를 통해 서로의 삶을 이해하고 소통하는 장을 만들어 가고 있다. 감사하는 마음을 전하니 마음과 마음이 통하는 것 같다는 느낌이 들었다.

감사는 하면 할수록 커진다. 감사 프로젝트로 마치 문을 활짝 열어 놓은 것처럼 감사의 일상이 계속 확장되어 가고 있다.

감사는 뇌를 작동하는 방식을 바꾼다. 내 인생에서 좋은 것들을 찾을 수 있도록 해주고 바로 내 앞에 무엇이 있는지 보게 해준다.

2. 명상으로 감정 알아차리기

명상을 통한 몸의 효과는 면역기능이 강화되고 치매 예방 및 행복감을 느끼게 하는 세로토닌 분비가 증가해서 마음의 풍요로움을 느끼게 한다. 풍요로운 마음을 가지면 스트레스가 감소하고 주의 집중력이 향상되고 새로운 아이디어가 도출된다. 아침 시간대에 명상을 습관화하면 머리가 맑아지고 하루를 기분 좋게 시작할 수 있다. 명상을 통해 집중도가 높아져서 일의 능률이 좋아진다.

3. 운동하기

"건강한 몸에 건강한 정신이 깃든다" 로마의 시인 유베날리스가 이야기했듯이 건강한 몸을 위해 운동은 필수이다. 매일 운동하는 루틴을 만드는 것이 중요하다. 매일 식사를 하듯 당연히 운동을 해야 한다는 습관을 들이면 운동은 힘든 것이 아니라 우리의 일상생활이 되는 것이다. 걷기는 가장 훌륭한 약이라고 히포크라테스가 이야기했다.

뇌를 행복하게 하는 운동법

- 즐겁게 재미있을 정도의 강도
- 리듬을 타는 운동
- 친구와 함께
- 야외에서 햇빛을 받으며 운동한다.

  햇빛은 자연 항우울제인 세로토닌을 분비시킨다.

  혈압을 감소시킨다. (영국 에딘버러 대학 연구팀)

  수면의 질을 향상시킨다.

  비타민 D 합성으로 뼈를 건강하게 한다.

  뇌기능이 향상된다. (영국 캠브리지 대학 연구팀)

  면역체계를 강화시킨다.

  알츠하이머 위험성을 감소시킨다.

■ 마음의 근력 키우기

스트레스를 이기기 위해 마음의 근력을 키우는 것이 매우 중요하다. 마음의 근력은 위기를 기회로 바꿀 수 있는 힘이다. 나에게 작고 빈번한 기쁨을 만들어서 몸과 마음의 상태를 밝게 유지해야 한다.

생활 속에서 나를 위한 작은 선물을 해보자. 지나가다 예쁜 꽃을 한 나발 사서 십 식탁 위에 장식해 놓으면 집이 화사해지면서 기분도 좋아진다. 근사한 카페에서 차를 마시는 것만으로도 힐링이 된다. 열심히 살아가고 있는 나 자신에게 멋진 선물을 스스로 해보자.

위기 상황에 접했을 때, '이만하니 다행이다'라는 마인드를 가져보자. 내가 더 이상 힘들어지는 것을 막아준다. '이만하니 다행이다'라는 표현에는 긍정적 심리가 내포되어 있다.

소통 능력이 좋아야 마음에 근력을 키울 수 있다. 주변 사람들과 불통으로 일관한다면 고립되어 우울감으로 사람이 침체된다. 위기 상황이 되었을 때 그 이야기를 들어주고 조언해주는 사람이 주변에 있다는 것만으로도 큰 힘이 된다. 경청은 치유의 효과가 있고 사람의 마음을 얻을 수 있는 소통 방법이다.

공감적으로 상대의 감정을 같이 느끼며 듣는 연습을 해보자. 소통에서 가장 중요한 것은 '역지사지'이다. 상대방 입장에서 생각하면 소통이 쉬워진다.

미러링 효과(Mirroring Effect)를 활용해 보자. 상대와 같은 표정과 제스처, 목소리 톤, 어휘와 말의 속도를 비슷하게 소통하면 훨씬 친밀도가 올라간다.

긍정적 정서가 느껴지는 뒤센 미소(Duchenne Smile)를 지었을 때 사람들은 더욱 삶의 만족도가 올라가고 시련을 이겨내는 힘이 강해진다.

■ 마음이 육체를 지배한다

1979년 미국 오하이오주 하버드대 심리학과 엘렌랭어 교수의 시간 거꾸로 돌리기 연구에서, 70대 후반에서 80대 초반 남성 8명을 대상으로 6박 7일 여행을 통해 20년 전으로 돌아가는 실험을 했는데 놀라운 결과가 나왔다.

면접과 신체검사로 선발된 8명의 노인들은 여행을 떠나게 되었다. 노인들에게는 실험 사실을 알리지 않았다. 그냥 여행이벤트인 줄 아는 노인들은 모두 서 있기조차 힘이 들 만큼 노쇠한 분들이었다. 시골의 허름한 수도원에서 7일간 생활을 하게 되는데, 규칙이 있었다. 규칙은 1959년으로 돌아가는 것으로 마치 타임머신을 타고 과거로 돌아간 듯 20년 전 생활을 하는 것이다.

20년 전에 일어났던 일들을 모두 현재처럼 말하고 행동해야 한다. 실내에서의 환경조건도 마치 20년 전처럼 꾸며져 있다. TV에는 1959년의 방송 프로그램이 나오고 그 시절 개봉한 영화들이 나온다. 잡지도 그때 당시 나온 잡지들이다. 이것을 보고 현재처럼 말을 해야 한다. 예를 들어 뉴스에 1959년의 사고가 나오면 '오늘 무슨 일이 있었군' 하면서 동료들과 얘기를 나누는 것이다.

또 다른 규칙은 청소나 설거지 등의 집안일을 스스로 하는 것이다. 자신의 몸도 가누기 힘든 상황인데 집안일을 하는 것은 불가능해 보였다. 하지만 규칙이기 때문에 힘들지만 감수하기로 했다. 느리더라도 스스로 일을 하기 시작했다. 노인들은 그 생활에 적응하려고 그렇게 되어갔다. 마치 현재가 1959년인 것처럼 생활을 했다.

그렇게 일주일이 지났다. 마침내 실험은 종료되었고 연구진은 실험이었다는 사실을 밝혔다. 그리고 실험의 종료를 알리는 신체검사가 진행되었다. 처음에는 자기 몸 가누기도 힘들었던 노인들은 모두 시력, 청력, 기억력, 지능, 악력 등이 50대 수준으로 되돌아가 있었다. 그들이 지금 20년 전이라 느끼게 되자 실제로 신체 상태가 그렇게 된 것이다. 정신이 육체를 지배한다는 놀라운 실험이었다.

마음의 근력을 키우기 위해서는 새로운 일에 도전할 수 있는 용기와 삶을 리듬감 있게 살아가는 집중과 이완을 반복해야 한다. 집중과 몰입만 스스로 강요하면 지치게 되어 있다.

그리고 삶의 지식과 지혜를 위해 꾸준히 배우는 자세가 필요하다. 마음이 건강하면 세상을 바라보는 시각이 긍정적이고 나의 삶도 긍정적으로 성장한다.

라이프 에듀로

나를 브랜딩하다

펴낸날 2024년 6월 30일

지은이 김선주, 강신옥, 이순월, 정연숙, 윤영석, 최은례, 조남숙, 이형아
펴낸이 주계수 | **편집책임** 이슬기 | **꾸민이** 박효빈, 전은정

펴낸곳 밥북 | **출판등록** 제 2014-000085 호
주소 서울시 마포구 양화로 7길 47 상훈빌딩 2층
전화 02-6925-0370 | **팩스** 02-6925-0380
홈페이지 www.bobbook.co.kr | **이메일** bobbook@hanmail.net

ISBN 979-11-7223-019-7 (03190)